어머니의
초상화 ⓗ

국립중앙도서관 출판시도서목록(CIP)

어머니의 초상화, 하 : 한승연 엮음, -- 서울 : 한누리미디어, 2009
p. ;   cm

ISBN 978-89-7969-342-3 03810 : ₩10000
ISBN 978-89-7969-340-9(세트)

전기(인물)[傳記]

990.94-KDC4
920.72-DDC21   CIP2009001754

혼란과 격동의 시대, 피울음을 토해내며 삶을 지탱해 온 한 여인의 파란만장한 인생 파노라마!

어머니의 초상화 하

한승연 엮음

C'EST LA VIE!

한누리미디어

어머니의 질기디 질긴 삶
그 삶의 유산은 무엇인가?
격랑의 세월 속에서 주름진 삶을 지탱하며
피눈물로 그려 온 초상화!
오늘을 살아가는 아들 딸들에게
가슴으로 내어미는 인생 메시지!

작가의 말

사람은 누구나 이 세상에 왜 태어났는지도 모른 채 살기 위해 노력한다. 적어도 스스로 살아남기 위해서는 모두 다 그렇다.

그러한 삶의 모습은 자신이 원하든 원하지 않든 간에 남 앞에 자기 초상을 그려 놓는 셈이 된다.

소설을 쓰는 작가라는 직업, 그 몸짓 또한 마찬가지다. 마치 파장에 나뒹구는 쓰레기를 주워 모아 유용하게 쓸 것들을 골라 다듬고 그것을 보물인양 안고 살아가는 어쩌면 가난한 넝마주이 같은 모습인지도 모른다. 하지만 그러한 작업 속에서 나는 더없는 보람을 느낀다. 소재로 주워 올린 손끝에서 세상의 온갖 파장을 휩쓸고 온 삶의 진솔한 이야기들을 엿들을 수 있다는 것 때문이다.

그것은 어쩌면 하늘이 내게 유일하게 내려준 선물로 그만큼 내 영혼을 성숙시켜 주는 축복 같은 것인지도 모른다. 그래서 눈을 뜬 아침이면 많은 사람들에게 유익하고 미덕일 수 있는 소재를 찾아 배회하다가 저녁이면 혹시 유용하게 쓸 것들이 없는가 하고 더러는 악덕의 식탁에 함께 앉기도 한다. 그리고 거기에서 흘린 이야기들을 소설 속의 도구로 키득거리며 주워 담아 올린다.

그렇게 배회하는 생활 속에서 오늘 나는 참으로 인간의 운명이란 과연 무엇인가? 다시 생각해 보게 하는 어느 할머니의 파란만장한 삶의 초상화를 들여다보게 되면서 한 인간의 삶이란 과연 무엇인가를 깊이 생각해 보게 하는 유익한 시간이 되기도 했다.

붓다는 세상을 빗대어 '고통의 바다'라고 했다. 그 고통의 바다를 항해하는 인간은 누구나 한 생의 삶 속에서 크고 작은 파도를 타게 마련이다. 그리고 그 파도 속에서 살아남기 위해서는 온갖 사력을 다해 그 파도와 맞서 싸우지 않으면 안 된다. 그 몸짓이 각 사람이 지니고 있는 에너지 기운에 의해 그 향방이 그려지면서 삶의 모습을 만들어낸다고 했다. 그것이 각 사람 스스로가 만들어낸 삶의 초상화다.

그처럼 스스로가 그려낸 삶의 초상화는 스쳐 보기에도 불쾌하고 비천한 것이 있는가 하면, 이웃에게 귀감이 되는 숭고한 모습도 있고, 보기에 안타깝고 그지없이 서러움을 자아내게 하는 모습도 있으며, 눈을 멀리 돌리게 함으로써 버려질 수밖에 없는 것 등 가지각색의 모습들이다. 나 역시도 고통이라는 삶의 세상에서 지난날 폭풍우와 마주서서 그것을 피부로 느꼈을 뿐만 아니라, 그 폭풍우의 일부가 되기도 했었던 때도 있었다.

그런데 오늘은 또 다른 모습으로 혼신을 다한 손짓이 이처럼 보다 나은 내 삶의 초상화를 그려내기 위해 밤을 밝히며 잠을 설치고 있다. 그러한 내 작업실 창밖으로 고요한 달빛이 무색하게 기웃하

면 살며시 떠오르는 〈장아함경〉의 말씀이 가슴을 다독이며 깊은
생각에 빠지게 한다.

"인생은 풀잎에 맺힌 이슬에 지나지 않는다."

"무소의 뿔처럼 혼자서 가라. 그물에 걸리지 않는 바람처럼, 진
흙에 더럽혀지지 않는 연꽃처럼 혼자서 가라." (경집)

오, 귀한 그 말씀이 밤을 밝히는 가슴을 다독이며 위로해 준다.
참으로 잠시 잠깐 왔다 가는 세상에서 함께 가슴 나눌 길벗 하나
없으면 외로운 달빛을 벗 삼는 것이 차라리 음험한 세상 이야기로
머리를 어지럽히지 않는 그 지혜인지도 모른다.

사람들은 세상을 살면서 남을 해치는 일은 피하려 든다. 그런데
도 남을 해치며 살아가는 사람이 많은 것은 참으로 이상한 일이다.
어쩌면 그것은 자기 자신이 오고 감을 모르고 있기 때문일 것이다.

붓다께서는 "전생의 너를 알고 싶거든 현생의 자신을 보고, 내세
(來世)의 너를 보고 싶거든 지금의 너를 살피라"고 하셨다.

이것이 붓다께서 설(說)하신 삼세인과(三世因果)법으로 그 연기
설에 의하면, 백겁(百劫)을 가고, 천겁(千劫)을 가더라도 각 사람이
지은 업은 사라지지 않고 시절 인연(因緣)이 도래하면 선(善)한 원
인에는 선한 결과로, 악(惡)한 원인에는 악한 결과로 그 지은 업보
에 따라 윤회(輪廻)하여 자신이 되돌려 받게 된다는 것이다.

이렇게 각 사람의 운명이란, 전생이든 현생이든 스스로의 마음
자리 그 생각이 만들어내는 것이라고 했다. 그래서 죄악으로 만연
된 물질 세상에 끄달리는 육신의 욕구가 곧 허망된 망령(妄靈)으

로 그 생각을 비우라고 하는 것이 시대와 나라를 달리하고 세상에
출현했던 진리체 성자들의 한결 같은 말씀이 아니겠는가 싶다.

그렇다. 인간의 육체야말로 악마의 온상지대라고 해도 지나친
말이 아닐 것이다.

어느 날 붓다께 라타라는 비구가 여쭈었다는 말이다.

"세존이시여, 흔히 '악마, 악마' 하는데 무엇을 악마라고 합니
까?"

그 물음에 붓다께서 말씀하셨다.

"라타여, 육신이 있다면 그것이 악마요, 악마의 성품이며, 결국
은 허망하게 죽는 것이다. 그러므로 육신을 악마로 보고, 악마의
성품으로 보아야 하며, 죽는 것으로 보아야 하며, 병이라 살피고,
가시라 살피며, 고통이며, 고통의 원인이라고 살펴야 한다. 수상행
식(受想行識)에서도 그처럼 살펴야 할 것이다."

그렇다. 물질이라는 인간 육체는 오욕칠정(五慾七情)이라는 원
초적인 동물의 성정(性情)으로 구성되어 있다. 거기에는 이 세상
의 온갖 악취가 뒤엉켜 있어서 쾌락이라는 이름으로, 사랑이라는
이름으로, 고독이라는 이름으로, 질병이라는 이름으로, 혹은 증오
라는 이름으로, 분노라는 이름으로 인간의 육체에 도사리고 있다
는 말이다.

그래서 예수께서는 "물질은 일만 악의 뿌리이니라" 하시고, 또
이르시기를 "육신의 생각은 사망이니라" 하셨으며, 붓다 역시도
육신의 생각이 바로 그 악마이기 때문에 그 마음을 비우고 인간 실

체의 참 '나'라는 자아(自我)를 깨달아 해탈 득도하여 '대자유'를 얻으라고 하신 것이다.

그것이 영생을 얻게 된다는 진리의 '말씀'이라는 것으로 곧 자아견성(自我見性)하여 만물의 영장(靈長)이 되라는 이 가르침이 이 세상에 출현했던 성현들의 한결 같은 말씀이다.

바로 그것이다. 물질세계에 집착하는 욕망이라는 번뇌를 내려놓고 세상을 발 아래로 여여하게 다스릴 줄 아는 만물의 영장의 되어야 한다는 것, 이것이 인간의 궁극적인 목적으로 붓다께서 말씀한 해탈득도(解脫得道)이며, 곧 성불(成佛)일 것이다.

그 같은 목적을 이루기 위해서 거듭 윤회(輪廻)를 시킨다는 것이 불교의 가르침이다. 그래서 하늘은 인간 영혼을 성숙시키기 위해 생(生)과 사(死)를 거듭하며 그 과보에 따라 인연을 맺고 세상에 보내진다는 것이며, 이것이 불가(佛家)에서 말하는 윤회로 '고통의 바다'라는 세상에 그 인과(因果)대로 연(緣)을 맺고 태어나는 것은, 곧 자신의 자업자득(自業自得)에 의한 것이라고 했다.

그래서 물질이라는 거푸집(肉身)을 쓰고 보내진 세상은 영혼 성숙을 위한 닦음의 도장(道場)으로 인간 삶이란, 누구에게나 고통일 수밖에 없다.

이렇게 영혼 닦음을 위해 보내진다는 인간세상이다. 그래서 누구에게나 그 사람이 감당해야 하는 제 몫의 고통이라는 십자가가 있게 마련으로, 하나님은 각 사람에게 감당할 만한 십자가 외에는 주지 않는다는 것이 기독교의 예수께서 하신 말씀이다.

공자님의 가르침 역시도 마찬가지다. 하늘이 큰 사람을 만들기 위해서는 뼈를 깎는 고통을 준다는 것이었고, 붓다께서는 그러한 세상을 빗대어 '고통의 사바세계'라고 하셨다.

그러한 성인들의 가르침 속에는 오늘을 살아가는 모든 인간들의 삶의 현장이 눈부실 만큼이나 가득히 펼쳐져 있다.

그토록 많은 인간 군상들의 삶 속에서 눈물로 얼룩진 한 여인의 애틋한 삶의 초상화를 건져 올려 펼쳐 보게 된 시간은 그만큼 나를 되돌아보게 하면서 오늘을 살아가는 삶의 의미를 더해 준다.

그래서 이 눈물로 젖은 이야기들을 모아 이 세상을 아파하는 우리의 이웃과, 그리고 아들과 딸들에게 들려주고 싶다.

그 이야기는 바로 인간 태어남의 운명, 그 아픔 속에 있는 삶의 지혜가 될 것이기 때문이다.

그 지혜는 오늘을 살아가는 나를 되돌아보게 하고, 또 우리의 이웃들을 돌아보게 하기 때문에 그 눈부신 지혜를 독자들과 함께 나눌 수 있다면 그 이상의 바람은 없다.

2009년 5월 14일

麗海 한 승 연 識

차례

어머니의
초상화 ⑨
C'est La Vie!

작가의 말 _ 9

차례

어머니의
초상화 (상)
C'est La Vie!

작가의 말

프롤로그

파도 위에서

그가 가슴 아프게 남기고 간 속정의 말들이 다시 정임의 가슴을 울렸다. 어제까지의 삶이 비록 길을 잘못 들어선 것이었다 하더라도 다시 돌이킬 수만 있다면 무엇을 더 생각하고 바랄 것인가.

정임은 새삼스럽게 크게 느껴져 오는 그의 위엄과 사랑의 진실 앞에서 현실을 돌이킬 수만 있다면 용기를 내어 그의 앞에 엎디어 구원이라도 청하고 싶었다.

그러나 이미 돌이킬 수 없는 삶의 방향은 출렁이는 파도 위에서 그에게 구원의 손길을 청하기에는 너무나 멀리 와 있다는 아득한 슬픔만이 더해 주고 있었다.

그가 눈 위에 남기고 간 발자국을 아프게 뒤돌아보며 허허한 발걸음으로 집으로 돌아왔을 때였다.

동생 사례가 몹시 기다렸다는 듯이 말했다.

"어떻게 됐어? 형부하고···. 아니 여길 어떻게 알고 찾아왔대?"

"놓친 고기가 더 커 보인다더니···. 그래도 살 맞대고 살았던 인연이라고 이 눈길을······."

다시 목이 메어 오면서 눈 안에 물기가 차올랐다. 그러나 사례는 두 사람의 만남 분위기가 대충은 짐작이 가는지 안도의 표정을 지으면서 말했다.

"나는 형부가 무슨 일 내는지 알고 얼마나 오금을 조렸던지···. 언니야, 어서 누워 있어. 이대로 있다가는 식구 모두 굶어 죽겠어. 나갔다 올게."

"이 눈길에 어디를 가려고? 눈이나 녹으면 가야지."

"빨리 갔다 올게."

사례는 더는 기다릴 수 없다는 듯이 밖으로 나가 버렸다.

냉기 흐르는 허망한 뒷자리에서 세상 모르는 두 딸아이의 천진스러운 얼굴이 다시 아득한 슬픔을 몰고 왔다.

정임은 두 딸아이를 와락 가슴에 끌어안았다. 순간 통곡의 울음이 터져 나왔다.

"불쌍한 것들, 어쩌다가 죽도 못 얻어먹는 이 불행한 엄마한테 태어났느냐. 흐흑, 흑······."

흐느낌의 통곡 소리에 세상 모르는 딸아이들이 따라 울었다. 방은 불기 없는 냉골이었다. 오직 엄마의 체온으로 따스함을 느끼는 아이들은 얼마를 따라 울다가 제풀에 지쳤는지 그대로 잠이 들어 있었고, 밖은 어느새 스물스물 어둠이 내리깔리고 있었다.

살아내야 하는 세상의 고통, 그것이 무엇인지 까마득히 모르는 천사 같은 두 딸아이들을 내려다보면서 정임은 그대로 영원히 눈을 뜨지 말았으면 싶었다. 아니 아이들과 함께 죽어 버리고 싶다는 강한 유혹이 손짓해 왔다.

그때였다. 밖에서 인기척소리가 들리는가 싶더니 부엌문 열리는 소리와 함께 사례의 중얼거리는 목소리가 들렸다.

"우리 언니 안 굶어 죽었는가 몰겠네."

그 말을 하다가 동생은 문을 열고 내다보는 정임의 눈과 마주쳤다.

"언니야, 배고프지? 쪼끔만 참아, 금방 밥해 줄게."

입이 열 개라도 할 말이 없었다. 어디서 그처럼 쌀을 구해 왔느냐고 물어보지도 못했다.

동생 사례는 미역 대신 김치를 넣어 죽을 끓여 들고 와서 묻지도 않는 말을 했다.

"언니야, 이 쌀 어디서 얻어왔냐고 묻고 싶지? 친척들한테 구걸하는 것도 한두 번이고 해서……."

"그래서?"

알 수 없는 궁금증에 다급하게 물었다.

"훔쳐 왔어, 외할머니 곳간에서."

"뭐야? 말도 안 허고 그냥 가져 온겨?"

"입이 떨어져야지, 한두 번도 아니고…. 그래 곳간에서 버선을 벗어가지고 슬쩍 담아왔지 뭐,"

"그럼 이 추운데 먼 길을 맨발로 온겨?"

"도망치다시피 뛰어오니까 발바닥에 불이 나서 그런지 추운지도 모르겠드라구, 흐흥!"

듣자 하니 기가 막히고 어이가 없었다. 아니 그러면서도 목숨을 부지해야 하는 것인지 목이 꽉 막혀 오면서 수저질을 할 수가 없었다. 가난이 안겨주는 서러움에 수저를 놓고 말았다.

그런 며칠 후, 그날 아침 도망치다시피 뒷문으로 빠져 나갔던 승철이 뜻밖에도 쌀가마니를 싣고 들어왔다. 눈이 휘둥그레지면서 도무지 현실로 믿어지지가 않았다.

꿈만 같았다.

쌀을 내려놓고 승철은 동생 사례를 보고 말했다.

"성창조 딸은 처제가 내일 데려다 주시오. 나와는 하등에 관계가 없으니까."

그 사람 성창조의 딸은 얼굴조차 보고 싶지 않다는 말이었다.

복잡하게 얽힌 인연 속에서 어쩔 수 없이 정임은 딸 수복이를 아빠도 없는 큰집으로 보내야 했다.

다음날이었다.

수복은 엄마와 헤어져야 하는 이별 앞에서 영문도 모른 채 이모 사례의 등에 업혀 나가면서 울 듯, 울 듯 입을 삐쭉거렸다.

천추(千秋)에 한(恨)이 서린다는 말이 이를 두고 하는 말 같았다. 정임은 죄 없는 동생과 딸에게 너무나 못할 일을 시킨다는 자책감에 뒤돌아 눈이 퉁퉁 붓게 울어도 피멍이 든 가슴은 끝내 풀리지 않고 굳어진 석회처럼 가슴을 찔러 왔다.

큰집으로 수복이를 데려다주러 갔던 사례가 돌아왔다. 어쩔 수 없는 환경에 조카를 떼어 놓고 온 기분이 우울한 듯 사례는 심드렁하게 말했다.

"어린 것을 엄마 아빠도 없는 집에 맡겨 놓고 돌아서려니까 불쌍해서 발걸음이 안 떨어지데. 더구나 수복이 큰 엄마가 돌아가시고 새 부인을 얻어 살고 있다는데 거기다가 두고 올라니까 마음이 놓여야지. 별로 반갑잖아 하는 기색이라서……"

울 듯 울 듯 입을 삐쭉거리며 떠나던 딸 수복이의 얼굴이 눈 앞에 둥둥 떠다니면서 눈 안에 물기를 차오르게 했다.

조카를 억지로 떼어 놓고 온 사례도 마찬가지인 듯 눈물을 글썽거렸다.

참으로 그 해 1952년 역시도 그처럼 때 없이 불어오는 바람으로 다사다난(多事多難)했다. 그토록 아픔을 동반했던 한 해가 지나고 다시 이듬해 2월이었다.

여전히 놀음방이나 펼치고 다니던 승철이 들어와서 불쑥 말했다.

"영산포로 이사해야 될 것 같아서 방을 얻어 놓고 왔소, 서둘러 이사해야 돼."

"이사도 몸서리가 나네."

정임은 들릴 듯 말 듯 투덜거리며 짐을 꾸렸다.

　그리고 며칠 후, 이윽고 그가 얻어 놓았다는 집으로 이사를 하게
되었다.

　그러나 그 집은 그가 말했던 것과는 달리 영산포가 아닌 대박촌
이라는 동네였다. 역시 달랑 방 한 칸이었다.

　그렇게 그는 말과 행동이 어제 다르고 오늘 달라지면서 자기 편
할 대로 세상을 살아가는 사람이었다.

　집을 옮겨 놓고도 생활은 달라진 것이 없었다. 놀음과 술과 여자
로 이어지는 연속적인 생활은 일주일 아니면 열흘에 한 번 정도 얼
굴을 보일 때도 있었다.

　그렇게 책임감 없는 하숙생처럼 들락거리던 그가 어느 날 들어
와서 말했다.

　"이번에는 참말로 영산포에다 방을 얻어두고 왔소, 그리 알고 준
비하시오."

　또 옮겨가야 된다니 기가 막혔다.

　하지만 물먹은 황소처럼 아무 불평도 못하고 그가 시키는 대로
따를 수밖에 없었다.

　그가 영산포에 얻어 놓았다는 집은 선창가에 팥죽 장사를 하는
자그마한 집 부엌방이었다.

　그 부엌방 하나를 얻어두고 그는 오촌 조카라는 성수를 데리고
들어와서 말했다.

　"운전도 잘하는 착한 조카요, 다시 장사를 시작해야 할 것 같아
서…. 이제 우리 가족이 다섯 명이니 부지런히 벌어야 될 것 같소.

허허허……."

그런 그는 새로 시작한 장사를 오촌 조카에게 맡겨 놓은 채 여전히 놀음방으로 돌며 주색잡기에 여념이 없었다. 그야말로 조그만 희망도 보이지 않는 어두운 생활의 연속이었다.

그처럼 막연하고 고단한 생활 속에서도 언제나 잊지 못하는 것이 할머니 댁에서 생활하고 있는 친정 동생들의 소식이었다.

궁금해서 동생 사례를 할머니 집에 다녀오라고 보냈다.

그런데 그 이튿날 사례가 우울한 표정으로 들어와 어이가 없다는 듯이 말했다.

"기가 막혀서…. 할머니, 할아버지 글고 큰 아부지랑 숙모님들이 계시는데 어떻게 그럴 수가 있대."

"……."

"시래기죽도 마음 편하게 못 얻어먹고 살드라구, 쿵! 삼례 언니가 넘집 디딜방아를 찧어주러 다니고…. 숙부들이 할머니 할아버지 서로 못 모시겠다고 나 몰라라 함서도 동네 앞 좋은 옥답은 서로 가져갈라고 싸움질해서 나눠 갖고, 아버지 몫은 다섯째 작은 아부지가 농사 지어먹음서도 철없는 동생들 겨우 시래기나 줏어다가 풀대죽이나 쑤어 먹게 하니 죽지 못해 사는 거지 뭐."

"그럼 할머니 할아버지는 어쩌고?"

"양식 떨어지면 이 아들 저 아들 집에서 얻어온 쌀 갖다가 겨우 할아버지 할머니 밥 퍼 담고 나면 우리 형제들은 부엌에서 시래기 볶아서 끼니를 때울 때가 많다는 거여. 억울하고 분한 건 그것뿐이 아녀. 숙부님들은 그래도 동네에서 일꾼들 부리고 살면서도 형편 어려운 조카들은 나 몰라라 하고 걱정하기는커녕 거기다 숙모님들은 한 술 더 떠서 조카들을 도둑으로 몰아 동네방네 떠들고 다닌다는 거여."

"뭐야?! 뭘 훔쳤게?"

"양식은 떨어지고 배는 고프고 하니까 어쩌겠어. 넘밭에 들어갈 수는 없고 몇 번 숙부님 밭에 들어가서 시래기를 좀 주워 담아 왔던가 봐. 그런데 글쎄……."

"그만, 그만해! 돌아 버리겠다. 세상 인심이 아무리 어렵다고 해도 그렇지. 부모 없는 조카들을 도둑으로 몰다니……."

너무나 억울하고 분했다. 그냥 떠맡아 있는 조카들도 아니고, 당연히 아버지가 물려받아야 할 분배 몫의 농토가 있는 만큼 그렇게 홀대할 수는 없는 것이었다.

참으로 인륜의 정(情)을 까마득히 잊고 사는 숙부들은 차라리 남보다도 못하다는 생각에 정임은 더없이 서운했다.

하지만 현실과 대처하기에는 너무나 힘이 없는 어린 동생들이었다.

부모가 없는 것이 유죄로 어머니가 형무소에서 나올 때까지는 어쩔 수 없이 참아야만 했다.

형제들이 당하고 있는 가난의 소식에 정임은 일어나면서 비틀거렸다.

당장 어떤 대안이 서지 않았기 때문이다.

그런데 그날 밤이었다.

이틀 만에 들어온 승철이 가뭄에 단비처럼 눈이 반짝해지는 소식을 들고 들어왔다.

"여기 이 돈 삼만 육천 원이요, 처제가 잘 간수하시요."

"…… 웬 돈인데 걔한테?"

"으응, 당신 아부지가 새 집 지으려고 준비했다던 성주목 있잖소. 그거 찾아다가 목재소에 맡기고 가지고 온 돈이요."

"언제 그것까지……. 어머니 나오시면 찾을 텐데……."

"그 돈 소장사해서 늘려 드리면 누이 좋고 매부 좋은 거지, 안 그렇소?"

듣고 보니 틀린 말은 아닌 것 같았다. 동생 사례가 그 돈을 받아 들고 밖으로 나가면서 말했다.

"단칸방에 여러 사람이 들락거리는데 어디다 건사하라고……."

그 말을 하고 나갔다가 들어온 사례가 귓속말로 빠르게 말했다.

"언니야, 마루 밑 멍석 속에 잘 감춰 두고 왔어. 알았지?"

그런데 다음날 아침이었다.

승철은 밖으로 나갔다가 다시 들어와서는 맡겨 놓은 돈을 다시 달라고 손을 내밀었다.

"그럴 것을 뭐한다고 맡겨?"

그때 동생 사례가 일어나 밖으로 나갔다가 헐레벌떡 뛰어 들어오면서 사색이 된 채 말했다.

"언니야, 이 일을 어쩌믄 좋아, 그 돈이 밤새 깜쪽같이 없어져 버렸어. 누가 왔다 간 사람도 없는데……."

"뭐야?!"

정신이 아득해졌다.

뛰어 나가 사례가 감춰두었다는 멍석을 들춰보았지만 돈은 자취
도 보이지 않았다.

사례도 정임도 울상이 되고 말았다.

"정말 없네, 어떻게 된 거야?"

"장난치지 말고 어서 내놔요."

"장난이라뇨? 지금 장난치게 생겼어요?"

그야말로 어처구니없는 입씨름은 마침내 주먹이 날아왔고, 그것
도 모자랐던지 승철은 장작개비까지 들고 들어와 미친 듯이 휘둘
러댔다.

그 순간 정임은 그대로 쓰러지고 말았다.

그러자 그는 다시는 안 볼 사람처럼 내뱉고 나갔다.

"느그 친정 것이라고 자매가 짠 모양인데 그 돈 가지고 어디 잘
살아보라고, 큉!"

분하고 억울했다.

그에게 얻어맞은 살갗의 아픔보다도 더 아픈 것이 가슴에 맺혀
풀리지 않는 억울함의 낱말들이었다. 없어진 돈은 보지 않아도 지
금까지 해온 그의 행적으로 미루어 그가 밤사이 빼내 갔을 것이라
는 생각이 더 마음을 아프게 했다.

그런 그의 횡포는 마치 믿을 수 없는 여름 날씨처럼 조석지변으

로 변했다.

다시는 안 들어올 사람처럼 하고 나갔던 사람이 다음날 저녁에 들어와서 언제 그랬든가 싶은 표정으로 말했다.

"후생사업을 해야 돈을 벌 것 같은데 말이야, 반출증 낼 돈이 없으니……."

그리고 그는 4톤 트럭에 장작하고 숯을 가득 실어 선창가에다 두고 왔다면서 묻지도 않는 말을 자랑스럽게 지껄였다.

하지만 이미 마음에 문이 닫힌 정임은 그러거나 말거나였다.

그러자 승철은 일말의 양심은 있었던지 입가에 미소까지 머금으면서 말했다.

"열심히 일하면 이제 돈 걱정은 안할 거야. 그러니 걱정 말고 당신 건강이나 잘 챙겨요."

그의 말은 이제 아무 위로도 되지 못했다. 아니 저 얼굴이 며칠이나 갈 것인가 하고 멀끔히 건너다보고만 있었다. 언제는 내 편이었는가 하면, 어느새 그 반대편에서 가슴에 피멍을 들게 하는 사람이 바로 그였기 때문이다.

그처럼 검은 먹구름이 지나간 어느 늦은 봄날이었다.

그는 새로운 각오로 다시 오일장으로 소를 팔러 다니기 시작했다면서 어깨를 으쓱해 보였다.

그러나 그 한 달 후였다.

그는 잔뜩 풀이 죽어 있는 채 들어왔다. 또 무슨 일인가 하고 쳐다보고 있을 때였다.

그는 황소 세 마리가 달리는 차에서 떨어져 도살장에 갖다 주고
왔다면서 심드렁하게 말했다.

"끝장이야, 소 값을 치러줘야 할 텐데, 그 참……."

그리고 그는 뭔가 다른 것을 찾아봐야겠다고 며칠을 밖으로 싸
돌아다니다가 들어와 수리조합 둑을 쌓기로 계약이 됐다며 자랑
스럽게 말했다.

그 일을 맡게 되면서 그는 2개월 만에 그 소 값을 물어주고 다시
과일 장사를 시작했다면서 들락거렸다.

얼마간은 제법 장사에 재미를 보는 듯 낯빛이 밝아져 보였다.

그러나 그 얼마 후 그는 또 사고를 내고 말았다. 대형 사고였다.
그것은 평상시 그의 생활을 대변해 준 것이었다.

고창읍 장날이었다.

그는 트럭에 과일을 잔뜩 실어 먼저 보내 놓고 장흥 색시 집에서
노닥거리고 있었던 모양이었다.

소식을 듣고 달려갔을 때는 현장은 말이 아니었다. 조수석에 탑
승했던 두 사람은 보이지 않고 운전기사 윤씨는 눈을 다쳐 병원으
로 실려 갔다고 했다.

뒤집힌 트럭 밑 언덕 아래 냇물 속에는 수박과 참외가 볼쌍 사납
게 나뒹굴어져 있었다.

난감했다.

연락을 받고 구급차와 포크레인이 도착해서 사고 현장을 수습할
때였다.

처참한 두 사람의 시체가 트럭 밑에서 드러났다.

사고 수습으로 인한 부채는 말할 것도 없었다.

한동안 말을 잃은 채 멍하니 들락거리던 그는 어느 날 어떤 결단을 내린 듯이 말했다.

"목포에다 방을 얻어두고 왔소. 얼른 짐을 꾸리시오."

사고 수습으로 인한 부채에서 도망치려는 듯해 보였다. 참으로 그와 함께하는 생활은 먹구름 가실 날이 없는 파도 위에 넘실대는 풍랑 그것이었다.

정임은 그가 하자는 대로 도주하듯 집을 옮겼다.

목포로 이사를 하고 가을로 접어든 9월 초쯤이었다.

그는 뻔뻔스럽게도 어쩔 수 없이 생활방편으로 장흥 여자와 정식 혼례식을 올리고 영산포에 데려다 놓았다고 말했다.

그로부터 목포와 영산포를 드러내 놓고 오가며 지냈다.

그런 그에게 편안한 표정의 목소리가 나갈 리가 없었다.

그것이 시비로 걸핏하면 주먹질이 날아왔다.

그날도 서로가 주고 받는 말끝에 입씨름이 붙었다.

그것은 이제 거의 일과처럼 되어갔고, 그때마다 주먹이 날아오면서 그가 하는 말이 있었다.

"흐흥! 뭐 안 살고 싶다고? 그렇게는 안 될 걸. 차라리 병신 만들어 놓고 먹여 살리지. 그 놈 창조 따라가는 꼴은 눈을 뜨고 있는 한 볼 수 없지, 쿵!"

그리고 뒤 따라오는 것은 사정없는 주먹질이었다.

그것을 이제는 재미로 즐기는 듯 그는 여유 있는 웃음까지 지어
가며 유들거렸다.

그날도 그랬다.

입씨름 끝에 정신없이 두들겨 맞은 정임은 정신을 잃고 말았다.

얼마쯤 지났을까? 눈을 떴을 때는 밤 열한시였다.

그는 간 곳이 없고, 딸 명애는 저녁밥도 굶은 채 한쪽에 쓰러져
잠이 들어 있었다. 그대로 도망치고 싶었다.

하지만 얻어맞아 지근거리는 몸을 주체할 수가 없었다.

그처럼 혐오스럽고 불안전한 생활 속에서 몇 달이 지난 그 이듬
해 정월이었다.

승철은 다시 영산포로 이사를 해야 된다면서 짐꾼 한 사람을 데
리고 들어왔다.

이제 정임은 그 이유를 물어 볼 마음의 여유도 없는 채, 막연하
게 그가 이끄는 방향으로 굴러갈 뿐이었다.

그가 영산포에 얻었다는 방은 그와 먼 친척관계로 일본 사람들
이 살았던 일본식 적산집이었다.

그는 마치 이삿짐 부려놓듯 식구를 옮겨 놓고, 얼굴 보기도 힘들
었다. 식량은 바닥이 났고, 정월의 냉방은 뼛속까지 냉기가 스며들
면서 모녀가 부둥켜안고 체온으로 그 추위를 달래야 했다.

도무지 희망이 보이지 않는 눈 앞은 마침내 죽음의 유혹에 세상
모르고 밥 달라고 칭얼대는 아이를 등에 업고 대문을 나섰다.

죽음이 손짓하는 영산강은 집 뒤에 있었다. 그러나 신발을 벗어

놓고 내려다보는 영산강은 꽁꽁 얼어붙어 있었다. 삶에 지쳐 죽음을 선택한 외길마저도 외면했다.

긴 울음을 끌고 다시 돌아서는 걸음에 속절없는 정월의 차가운 바람만 속살로 파고들었다.

그 살갗 에이는 추위에 등에 업힌 명애가 칭얼대듯이 말했다.

"엄마야, 이모한테 가자. 이모한테 가른 밥도 주고 할 건데, 응. 엄마야…."

세상 모르는 명애는 어디서 꿈질을 해서라도 허기를 채워 주던 이모가 새삼 그리워지는 모양으로 그렇게 보챘다.

그때 동생 사례는 어머니가 병보석으로 출옥하게 됐다는 소식을 듣고 얻어맞아 몸이 부실한 정임을 대신해서 어머니를 마중가고 없었다.

썰렁한 바람을 안고 집으로 돌아왔을 때였다.

승철의 친척뻘 된다는 집주인 아주머니가 그런 정임의 행동거지가 마음에 걸렸던지 다가오면서 말했다.

"어이, 방이 냉골이구만. 부엌으로 들어와 밥이나 한 그릇 먹고 가소."

살아야 하는 것이 현실이라면 먹어야 했다. 염치없이 밥을 얻어먹고 나른해서 방에 누워 있을 때였다.

승철이 얼굴을 내밀면서 사뭇 다정하게 말했다.

"나 다시 경찰에 복귀했구먼, 순천경찰서로 발령을 받았다구. 그러니까 거기다가 집 얻고 준비할 동안 친정에 가서 있으시오."

"……."

그의 말이 이제는 믿어지지가 않았다.

아니 떠나보내기 위한 헛 수작처럼 들려 왔다.

멀뚱하게 쳐다만 보고 있었다.

그러자 그는 약속을 다짐하듯이 다시 말했다.

"한 번만 더 속는다 생각하고 믿어주시오. 꼭 데리러 갈 테
니……."

정임은 그 말이 사실이 아니라 하더라도 도망쳐 버리고 싶었던
환경에서 차라리 잘됐다는 생각마저 들었다.

어쩔 수 없이 외길에서 만났던 사람과의 동행은 아무리 노력해
도 그에게서 멀리 달아나고 있었기 때문이다.

어린 명애를 등에 업고 집 대문을 나섰다. 친정이래야 형제들이
의지하고 있는 시골 할머니 댁이었다.

동생들이 할머니 할아버지를 의지하고 사는 모습 또한 말이 아
니었다. 하지만 오래 간만에 만난 형제들은 반가움에 어쩔 줄을 몰
라 했다.

그 사흘 후였다.

기대하지도 않았던 그가 저녁나절 그곳으로 불쑥 모습을 나타내
면서 말했다.

"서두르시오, 다 준비해 놓았으니……."

재촉하는 그를 따라 아우들과 다시 작별하고 기차에 몸을 실었
다. 순천역에 도착했을 때는 밤이었다.

그가 준비해 놓았다는 집은 역에서 내려 한참을 걸어 들어가는 구랑실이라는 제법 큰 마을이었다.

그가 얻어 놓았다는 집은 초가집이었다.

대문을 들어서자 방문 앞에서 영감님의 기침 섞인 목소리가 기다렸다는 듯이 말했다.

"이순경 이제 오시오?"

그리고 방으로 안내되었을 때였다.

뒤따라 밥상이 들어왔다.

이제 세 살인 명애는 오래간만에 보는 진수성찬 밥상에 좋아 어쩔 줄 몰라 하면서 말했다.

"여그서 아빠랑 우리 같이 살자 응, 엄마야."

"허허허……. 그래도 아빠 챙겨 주는 사람은 역시 우리 명애 밖에 없구나."

그는 오래 간만에 밝은 웃음을 웃었다. 그리고 식사가 끝났을 때 그는 잠시 나갔다가 들어온다면서 밖으로 나갔다.

들어오기만을 기다리고 있을 때였다.

그런데 이게 웬일인가?

그는 옆에 웬 여인을 데리고 들어왔다. 배가 만삭으로 불러 있는 것이 막달쯤 되어 보였다.

그가 턱으로 그녀를 가리키면서 말했다.

"어쩌겠소, 이것도 인연이니 굿 보이지 말고 서로 잘 지내시오."

결혼식을 올렸다고 말로만 듣던 장흥 여자였다.

　그는 그렇게 인사를 시킨 후 그 여자를 데리고 다른 방으로 건너
갔다. 그러니까 한 집 살림을 시키려는 것이 틀림없었다.

　차라리 잘 됐다는 생각도 들었다.

　날이 밝아 마당으로 나가 동네를 둘러봤다. 사십호가 넘어 보이
는 동네는 집집마다 밥짓는 연기로 평화스러워 보였다.

　산수가 좋은 동네였다.

　그 동네에서 어쩌다가 팔자 사나운 두 여자가 한 집 살림을 시작
하게 되었다. 서로가 한 남자를 두고 시샘을 한다거나 하는 일도
없었다. 아니 어쩌면 서로의 처지가 엇비슷해서 마치 다정한 친구
처럼 말벗이 되기도 했다.

　거기에 한 사람이 더 말벗이 되어 주고 있었다. 그 집에 살고 있
는 정셴이라는 사람이었다.

　그는 일제 말기에 징용에 끌려갔다 온 사람이라고 했다. 돌아와
보니 부인과 아들이 행방불명으로 찾기 위해 4년을 엿판을 짊어지
고 전국을 돌아다니다가 이순경을 만나게 되면서 이곳에 정착해
살게 되었다는 이야기였다.

　그러니까 이승철과 장흥 여자 신접살림에 나무도 해다 주고 집
안 잔심부름을 해 주면서 더부살이를 하고 있는 셈이었다.

　그렇게 한 집 식구로 모여 살게 된 그곳 생활은 어쩌면 오히려
편안했고, 밥을 굶어야 하는 일이 없어져서 좋았다. 특히 같은 종
씨인 정셴은 정임을 마치 친동기간처럼 잘 대해 주었다.

　산에 가서 나무도 해다가 차곡차곡 뒤꼍에 쌓아 주었고, 곧잘 웃

겨 주기도 했었다.

　그것이 서로가 외로운 생활 속에서 흐르는 인정으로 오래 간만에 맛보는 마음의 위로 같은 것이기도 했다.

　그곳으로 옮기고 난 후 얼마동안은 그 동안에 지친 심신을 달랠수가 있었다.

　그러면서 동네에 나가 아주머니들과도 사귀고 하던 어느 날이었다. 가끔 만나 이야기를 나누게 된 동네 어른 한 분이 정임을 보고말했다.

　"젊은 사람이 놀고만 있지 말고 장사라도 해보지 그런가. 길가에있는 집이니 거기서 장사판을 벌려도 될 것 같은데……."

　듣고 보니 그럴 듯도 싶었다.

　마을 인구가 사백 명쯤 되었고, 또 산수가 좋아서 그 옆 마을에옹기를 구워 파는 공장이 있었던 만큼 그릇을 사러 오가는 걸음이쉬어가는 쉼터를 만들어도 될 것 같았다.

　집에 들어온 승철에게 조심스럽게 그 말을 내비치었다.

　"할 일 없이 놀고 있으면 뭘 하겠어요? 그래서 장사를 시작해 보고 싶은데……."

　"뜬금없이 무슨 장사를?"

　"이 집이 동네 들어가는 길가 집이니까 막걸리랑 소주도 팔면서안주로 돼지고기도 팔고……."

　그러자 옆에서 듣고 있던 정센이 그 말을 도왔다.

　"그거 좋은 생각이네요. 옆에서 내가 도와줄 수도 있고 하니까……. 또 명애 엄마도 활동을 하게 되면 건강도 좋아질 것이고 그렇게 해 보시죠."

마침내 의견이 그렇게 모아졌다.

그래서 준비를 서둘러 장사판을 벌렸다.

정센이 도살장에서 돼지를 사들여 와서 절반을 삶아 각 동네 구장과 이장 또 어른들을 모셔다가 신고식을 했다.

모두들 잘 생각했다는 입인사가 훈훈하게 너부러졌다.

그렇게 벌린 술장사는 짭짤하게 이익을 올렸다.

그러는 동안 장흥댁은 아이를 순산했고, 명애는 그 아이의 옹알이로 재미를 붙이면서, 장흥댁 여자도 어머니처럼 곧잘 따랐다.

그 해 추석이 지나고 가을로 접어들었을 때였다.

동생 사례가 찾아와 어머니가 목포형무소에서 잠시 병보석으로 나왔다는 소식을 전해 주었다.

산다는 것이 무엇인지 어머니 면회 한 번 제대로 못했던 정임은 장사를 정센에게 맡기고 급히 달려갔을 때였다.

어머니는 시집 식구들의 냉대에 밖에서 돌고 있었다.

처절한 모녀 상봉은 울음으로 온 밤을 지새웠다.

"이 무슨 기구한 운명이란 말이냐, 흐흑……."

어머니는 동네 남의 집 방에서 눈이 퉁퉁 붓게 울었고, 다음날 다시 또 이어지는 애끊는 이별 앞에서 또 꺼이꺼이 목을 놓고 울었다.

식구들의 울음을 뒤로 하고 돌아서는 걸음은 하늘도 땅도 보이지 않았다.

그러나 걸음을 재촉하지 않으면 안 되었던 정임은 열어 놓은 장사라도 더 다부지게 해야 한다는 생각뿐이었다.

장사는 그런대로 꾸준히 잘 되었다.

단골손님도 늘어갔다.

그러나 점점 외상 술 손님들이 늘어가면서 고기를 사다가 팔아야 하는데 밑천이 딸리기 시작했다.

어쩔 수 없이 정임은 외상값을 수금하러 나섰다.

그런데 이게 어찌된 일인가?

그 외상값은 벌써 이순경이 수금해 갔다는 것이었다. 그대로 뒤통수를 한대 얻어맞은 듯 낯이 부끄럽고 민망했다.

정임은 돌아와 승철에게 따지듯이 말했다.

"도대체 무슨 사람이 그렇게 낯 뜨겁게 사람을 만들어 놓고 어쩌자는 거예요?"

"미안하게 됐어, 사실은 두 달 전에 사표를 내서 말야⋯⋯."

"뭐, 뭐요? 그럼 그 수금한 돈 다 어디다 썼어요, 또 놀음했죠? 그쵸?"

"이 계집년이 어따 대고 건방지게스리 하늘 같은 서방한테 따지고 대들어? 맛 좀 봐야겠어?!"

그의 익숙한 손버릇이 다시 날아오기 시작했다.

정센의 만류에도 아랑곳하지 않았다.

마침내 목에서 피가 넘어 왔다.

그때서야 그는 손찌검을 멈췄다.

그런 몸으로 장사도 할 수가 없었다.

아니 의욕이 없어졌다. 도망을 쳐야 한다는 생각뿐이었다.

그러나 돈 한 푼 없는 빈 주머니에 달아날 수도 없었다.

정임은 생각 끝에 순천장날 장작을 팔러 가는 정센을 따라나섰다. 장날이어서 동네 아주머니들도 함께 가게 되었다.

정임의 속사정과 형편을 아는 동네 아주머니들이 안 됐다는 듯이 동정어린 눈빛을 보내오면서 말했다.

"어이, 안 된 소리지만 그대로 살다가는 맞아 죽겠네. 장사도 잘 되고 하니 유사시에 도망이라도 하게 뒷돈이라도 챙기소. 그대로 있다가는 맞아 죽겠네."

그러자 또 한 아주머니가 끼어들면서 말했다.

"내가 보니 애기 엄마 눈에 신기가 있는 것이 삶이 평탄하질 않겠어. 어른들이 그러드구만. 그런 사람이 제 길을 가지 않으면 몸신이 그렇게 하는 일마다 못 살게 훼방을 놓는다고……. 잘 생각해 보소. 무당이 되고 싶어서 되는 사람이 어디 있당가. 다 타고난 운명이 그렇게 생겨서 그렇다네."

정임은 어쩌면 그런지도 모른다는 생각이 들었다. 그래서 어려서부터 아버지가 그런 눈빛을 담아 보냈고, 또 동네 사람들 역시도 약사보살이 들었다고 하던 말이 새삼스럽게 생각나면서 어쩌면 그럴지도 모른다는 생각이 들었다.

아무튼 그날 동네 아주머니들의 충고는 정임의 생각을 굳히게 했다.

"그래, 그게 내가 가야 할 길이라면……."

뒤돌아 볼 미련도 없다 싶었다. 이제부터는 도망갈 노자 돈을 마련해야 한다고 생각했다.

정센이 나무를 팔기 위해 사람이 많이 왕래하는 한 쪽에 자리를 잡고 있었다.

정임은 그와 사이를 두고 자리를 잡고 앉았다.

그리고 용기를 냈다.

얼굴에 수심이 차 있다 싶은 사람에게 손짓하면서 말했다.

"걱정이 많으신 것 같은데 와서 손금이나 한 번 보고 가시지요."

"정말이요? 잘 좀 봐주시오."

그렇게 해서 손금을 보고 간 사람이 열 명쯤 되었다.

그들이 치마 앞에 20원씩을 놓아주고 갔다.

400원이 모아졌다.

정임의 입장에서는 큰돈이었다. 그 돈을 치마 속에 감추고 서둘러 집으로 돌아왔을 때였다.

꿈에도 보고 싶지 않던 그 얼굴이 먼저 들어와 있었다. 저녁을 먹고 나서였다.

승철이 정센을 건너다보면서 말했다.

"피곤하실 텐데 건너가서 쉬시지요."

그리고 그는 밖으로 나가 수수 빗자루를 들고 들어왔다. 그리고 거기에다가 대바늘을 거꾸로 꼽아 들고 으름장을 놓기 시작했다.

"장사는 집어치우고 지금까지 어디 가서 무슨 짓하고 왔는지 말
해! 바른대로 말하면 용서할 테니까."

"내가 무슨 짓을 했다고 이래요? 그래 죽일 테면 죽이쇼."

악에 바친 정임은 이제 될 대로 되라는 식으로 쏘아 붙였다. 그
러자 그는 그 전날 두들겨 패서 힘이 부쳤던지 수숫대에 바늘을 꼽
아 고문을 하기 시작했다.

얼마를 그렇게 바늘 고문을 당했을까?

기절을 했다가 눈을 떴을 때는 그 인간은 보이지 않고, 딸 명애
만 옆에서 훌쩍거리고 있었다.

칠흑 같은 어둠 속에서 정임은 어서 빨리 기회를 보아 도망쳐야
한다는 생각뿐이었다.

다음날 밤이었다.

승철은 아는 사람 생일 파티에 초대를 받았다며 집을 나갔다. 도
망을 칠 수 있는 좋은 기회라고 생각했다.

세상 모르는 명애를 일찍 토닥거려 잠재우고 난 뒤, 명애의 생년
월시를 적어 천사처럼 잠들어 있는 가슴에 묻어주고 일어났다.

눈물이 앞을 가렸다.

하지만 서둘러 간단한 몇 가지 옷을 챙겨 들고 대문을 나서고 말
았다.

다행히 어두워서 주위에 아무도 보는 사람이 없었다.

그러나 천근 만근이나 되는 걸음을 가을 밤 귀뚜라미 울음소리
가 더욱 처량하게 가슴을 울먹이게 했다.

기차에 몸을 싣고 여수항에 도착했을 때였다.

순천 구랑실 같은 동네에 살면서 누구보다도 정임의 생활을 안 쓰럽게 보아주던 아주머니가 집을 나오겠다는 연락을 받고 기차 시간에 맞추어 나와 있었다.

그러니까 그 아주머니는 정임의 형편을 알고 집을 나오면 살아 갈 직장을 알선해 주겠다고 하던 아주머니였다.

다음날 아침 여섯시, 두 사람은 부산으로 떠나는 연락선에 몸을 실었다.

여수항을 떠나는 뱃고동 소리가 구슬프게 가슴을 적셔 오면서 두 눈에 눈물이 흘러 내리게 했다.

11월의 차가운 바닷바람이 뱃머리에 서 있는 정임의 속살로 파고들었지만 흐느끼는 서러움에 추운 줄도 몰랐다.

하염없이 바라보고 서 있는 막막한 바다에는 아픈 상처를 뒤척여 주는 파도 소리만 철썩거렸고, 끼룩거리며 뱃전을 맴도는 갈매기의 울음이 두고 온 명애의 울음처럼 둥둥 떠다니면서 서러움 덩이를 두고 떠난 모정(母情)은 "파도야, 나 어쩌란 말이냐?" 하는 통곡의 흐느낌으로 넘실거리는 파도 위에 먹빛 눈물을 뿌리게 했다.

그처럼 넘실거리는 파도를 바라보면서 눈물을 뿌리는 정임은 결코 평범한 삶을 구가할 수 없는 자신의 운명이 마치 들에 핀 들국화처럼 느껴지면서 흐느적거리는 가슴 속 슬픔을 바닷바람에 실어 날리고 있었다.

누가 만든 길이냐~ 나만이 가야 할~
슬픈 길이냐~ 철없는 들국화야~
나를 버리고~ 남 몰래 숨어서~ 눈물 흘리며~
아~아~아~ 떠나는 이 엄마를~ 원망을 마라~

언제 다시 만나랴~ 귀여운 얼굴~
언제 만나리~ 철없는 들국화야~
나를 버리고~ 남 몰래 숨어서~눈물 흘리며~
아~아~아~ 떠나는 이 엄마를 원망 마라~

또 다른 운명의 시작

회한에 젖어 넘실거리는 파도를 하염없이 바라보는 동안 배는 어느새 부산항에 도착했다.

선실에서 나온 아주머니가 아직도 뱃머리에 서 있는 정임을 보고 말했다.

"추운데 감기 들면 어쩌려고 선실로 들어오지 않고…. 이제부터는 모두 잊고 새 출발해야 되네. 마음 단단히 묵고 앞만 보고 가소."

아주머니 말대로 새로운 출발은 새로운 각오로 시작해야 한다고 이를 악물었다. 아주머니를 따라 가야동으로 가는 버스에 올랐다. 얼마쯤 지나 차가 멈추고 내린 곳은 지서가 바로 눈 앞에 있는 가야식당 앞이었다.

"다 왔네, 내리세."

그 가야식당을 턱으로 가리키면서 아주머니가 말했다.

"이 식당을 우리 시동생이 하고 있다네."

그때 들어서는 아주머니 앞으로 그 시동생인 듯한 남자가 반갑게 맞이하면서 말했다.

"형수님 오시느라고 고생하셨지요? 저 아주머니가 형수님이 말한 그 아주머닌가요?"

"그렇다네."

"어서 주방으로 들어가십시다. 시장하시죠?"

아주머니를 따라 주방 옆에 붙어 있는 자그마한 방으로 들어갔을 때였다. 웬 아주머니가 부스스 일어나면서 말했다.

"몸살감기가 들어가지고 형님 오신 것도 몰랐어예."

그리고 그 아주머니는 정임을 바라보더니 입가에 웃음을 머금고 말했다.

"이 아주머니가 형님이 말한 그 아주머닌 기요?"

"그렇다네. 자네허고 동갑인디 솜씨가 아주 얌전하다네. 형제같이 잘 지내소."

주고 받는 어투로 보아 정임을 안내해 준 아주머니와는 동서지간이 분명했다.

그렇게 그곳으로 안내해 준 아주머니는 고맙게도 일주일 동안 머무르면서 이 일 저 일을 마치 친정어머니처럼 가르쳐 주면서 말했다.

"우리 아우님이 원래 몸이 약해서 누워 있는 날이 많다네. 그러니 내 살림같이 잘 좀 돌봐 주소, 잉."

그리고 그 아주머니는 잘 부탁한다는 말을 뒤로 남기고 떠났다. 식당은 의외로 군인 경찰할 것 없이 찾아오는 손님들이 많아서 정임은 주방 일에서부터 손님을 맞는 홀 일까지 하루 종일 앞뒤로 분주했다.

그러니까 일인이역을 하는 셈이었다.

그처럼 분주해진 생활은 차라리 지나온 아픔의 시간들을 조금씩 잊을 수 있게 해 주었다.

그러면서 해가 바뀐 이듬해 어느 봄날이었다.

주인 아저씨가 하얀 종이에 '오늘은 휴업'이라고 써서 가게 유리창 문에다 붙였다. 그리고 종업원들을 데리고 가야산으로 봄나들이를 갔다.

그날이 일요일이어서 그런지 군인들도 외출을 나와 산행을 즐기고 있었다.

준비해 가지고 온 음식들을 펼쳐 놓고 점심식사가 끝났을 때였다. 그 군인들 중에서 한 사람이 주인 아저씨와 안면이 있는 듯 다가와 인사를 했다.

주인 아저씨는 반갑다는 듯이 어서 이리 와 앉으라는 시늉을 손으로 해 보이면서 말했다.

"여기서 만나다니 반갑소. 이리 앉아 술이나 한 잔 헙시다요."

그러자 군인 아저씨들은 누가 먼저랄 것도 없이 자리를 잡고 앉아 주거니 받거니 술잔이 돌아가면서 얼큰해진 취기에 노래를 부르기 시작했다.

　그러자 주방 아저씨가 저절로 흥이 난다는 듯이 '거리에 핀 꽃'을 목청을 뽑아 불렀고, 다음으로 지명된 사람이 주인 아저씨였고, 그 다음으로 지명을 받은 사람이 군인 노상사였다.

　그가 한 곡조를 뽑고 나더니 정임을 지명했다.

　오래 간만에 마음 놓고 노래를 불러보게 되는 자리였다. 〈울고 싶은 인생선〉을 불렀다.

　노래가 끝났을 때였다.

　박수 소리가 터져 나왔다.

　그 노래 가사는 정임이 자신의 사연처럼 가슴 속 한이 담긴 노래였다.

　애절한 음색으로 듣는 이의 심금을 울렸던지 군인 아저씨들의 눈 끝에는 어느새 눈물이 맺혀 있었고, 특히 고향이 이북이라는 주방 아저씨는 손등으로 눈물을 찍어내면서 말했다.

　"거 하필이면 그런 노래를 불러 가지고……. 한 곡만 더 부르시오."

　그러자 모두들 손뼉을 치면서 앵콜을 청했다.

　어쩔 수 없이 〈사랑에 속고 돈에 울었소〉를 부르고 난 다음 김영팔 대위를 지명했다.

　그렇게 분위기가 자연스럽게 무르익어가면서 모두들 시간 가는 줄을 몰랐다.

　그러는 동안 어느새 군인들 귀대 시간이 되면서 김영팔 대위가 말했다.

"오늘 정말 즐거웠습니다. 다음 기회를 또 가집시다."

군인들은 귀대를 하고 주인 아저씨는 종업원들을 데리고 가게로 돌아왔다.

그러나 그날 그 야유회 놀이는 새로운 운명의 신호탄 같은 것이기도 했다.

그날 거기서 만났던 군인 아저씨들은 가끔씩 반갑게 정임을 찾아와 주는 단골손님이 되면서 살아온 지난 이야기들을 대충 주고받게 되었다.

그러면서 가을로 접어든 어느 날이었다.

단골 장교 몇 사람이 손에 신문을 들고 와서 읽어보라면서 내밀었다.

기사 내용은 77육군병원에서 간호원 모집과 함께 병기 총포재생창에 여자 문관 시험을 본다는 기사 내용이었다.

정임은 눈이 반짝해졌다.

어려서부터 의사놀이 소꿉장난을 해 왔던 정임이었고, 그래서 학교에서도 후생 간호사 보조역할을 했던 경력이 있는 만큼 거기에 응시해 보고 싶다는 충동이 일어났다.

불쑥 그를 보고 말했다.

"간호원이라면 저도 한 번 응시해 봤으면 하는데요."

그러자 그 중에 한 사람인 김영팔 대위가 웃으면서 말했다.

"아주머니께서는 건강이 안 좋아 보이셔서……. 다음 기회도 있고 하니 우선 먼저 그 건강부터 빨리 회복하시는 게 좋을 것 같습니다."

그는 고향이 군산이라고 했었다. 그래서 같은 동향인으로 은근히 관심을 가지고 여러 가지 말로 위로해 주기도 했었다. 그가 일어나면서 그 쪽으로 마음이 있으면 건강부터 챙기라는 당부의 말을 하고 돌아갔다.

그때부터 간호원 시험 준비를 해야겠다는 정임의 마음은 바빠지기 시작했다.

무엇보다도 건강을 챙기기 위해서는 24시간 매달려 있는 직장을 그만 두어야 할 것 같았다.

그 말을 주인 아주머니에게 꺼냈을 때였다.

"그럼 이렇게 하면 어쩌겠는가. 우리 집 위에 셋방을 얻어 줄 테니 거기 취직될 때까지만이라도 우리 집 일을 돌봐 주는 게……."

그것도 나쁘지 않을 것 같았다. 거기에 꼭 취직될 것이라는 보장도 없었기 때문이다.

그렇게 이야기가 되면서 주인 아주머니는 방을 얻어주고 이불과 간단한 소지품도 마련해 주었다.

그러니까 명애를 두고 부산으로 떠나온 지 18개월이 되었을 때였다. 밤이면 아이들이 미치도록 보고 싶었지만 새로운 길을 찾아나서는 엄마로서는 참아야 했다.

그리고 살아갈 날을 새롭게 모색하기 위해서는 낮이면 가게에 나가서 일을 도왔고, 밤이면 시험 준비를 위한 공부를 하기 시작했다.

그렇게 준비를 하고 있던 4월 중순 어느 날이었다.

김영팔 대위가 찾아와서 77육군 병원에서 보조 간호사를 모집한다면서 말했다.

"거기서 일해 볼 생각은 없소?"

"써만 준다면 당연히 가야지요."

"그러면 준비를 하고 있으시오, 데리러 올 테니……."

구세주가 나타난 것처럼 반가웠다.

그리고 며칠 후였다.

그는 아침 일찍 문밖에 지프차를 타고 와서 정임을 이제껏 아주 머니라고 부르던 호칭과는 다르게 정 여사로 바꾸어 불렀다.

"정 여사! 빨리 준비하고 나오시오."

뛸 듯이 기뻤다. 그 기분은 마치 초등학교를 들어가던 날 기분처럼 들떴다.

그가 안내한 육군 병동실에 도착했을 때였다. 수속 절차가 복잡했다.

하지만 그의 도움으로 무난히 통과하게 되었다.

합격이 된 정임은 김영순 간호원의 보조 간호사로 잔일을 맡게 되었다.

그처럼 간절하게 소망했던 꿈이 현실로 이루어져 가고 있다는 기쁨은 그 동안 마음 속에 맺혀 있던 한의 덩어리가 마치 봄눈 녹 듯이 녹아내리는 것만 같았다.

새로운 인생 출발이었다.

환자들은 군대 훈련을 받다가 사고로 다쳐서 들어온 군인들이 대부분으로, 하루에 이삼십 명씩 들어왔다.

그 중에는 다리를 절단해야 하는 군인도 있었고, 또 팔을 다쳐 절단해야 하는 군인과 더러는 지뢰를 잘못 밟아 몸 전체가 갈기갈 기 찢어져 들어와 치료를 받다가 죽어 나가는 군인도 있었다.

병원 병실은 온통 피비린내로 코끝에 묻은 피냄새가 밥을 먹기 에도 고역스러웠다.

그러나 다행스러운 것은 병원이었던 만큼 포도당 주사를 비롯해 서 여러 가지 영양 주사를 일주일에 한 번씩 맞을 수 있었고, 또 소 고기 통조림을 비롯해서 여러 가지 영양음식을 섭취할 수 있어서 몸을 회복시키는 데 많은 도움을 주었다.

그러던 어느 날 김영팔 대위가 정임을 찾아와서 다음해 1월, 육 군에서 실시하는 여자 문관 시험이 있을 것이라면서 응시해 보라 고 위로하듯이 말했다.

"조금만 참고 고생하시오."

그의 위로의 말은 어떤 보약보다도 생기를 돌게 하는 활력소가 되어 주었다.

그런데 11월 20일, 부산에 있던 77육군병원은 대구로 이동했다.

어쩔 수 없이 정임은 그 동안 휴식을 취했다.

드디어 이듬해 1월, 김대위가 귀띔해 준 여자 문관 시험날이 되 었다.

그런데 문제는 이력서란의 기재 사항이었다.

서류는 호적등초본을 비롯해서 호주와의 관계를 기재해야 했다.

정임의 신분 이력으로는 합격될 수가 없는 것이었다. 결격 사유가 되는 것이 바로 그 호적상 남편으로 올라있었던 성창조의 사상범 문제와 또 자신의 경력 또한 마찬가지였다. 본의는 아니었지만 어쨌거나 '여성동맹위원장' 으로 활동했던 지난 이력이 문제가 될 수 있는 것이었기 때문이다.

생각 끝에 총에 맞아 죽은 동생 정차임 이름으로 이력서를 작성해 올렸다.

그때까지도 죽은 동생 사망신고가 되어 있지 않았을 뿐만 아니라, 혼인신고도 되어 있지 않았기 때문이다.

제출 결과 합격이었다.

그러는 데에는 77육군병원에 근무했었다는 것도 참고가 됐지만, 그러기까지는 김영팔 대위가 많은 힘이 되어 준 것이 사실이었다.

합격 통지서를 받은 정임은 육군 총포재생창 검사과로 발령을 받았다.

근무지는 부산 연지산 아래로 일개 사단이었다. 그곳 병기총포 재생창에 근무할 수 있게 되었다는 것은 그 동안 겪었던 풍랑 속에서 만들어진 삶의 지혜로 찾은 돌파구 같은 것이었다.

그 생활은 어쩌면 오래간만에 맛보는 안정된 휴식 같은 것이기도 했다.

휴무인 토요일, 일요일은 같은 부서에서 근무하는 검사과장을 비롯해서 본부과장, 그리고 김영팔 대위가 누가 먼저랄 것도 없이 찾아와서 영화구경을 가자고 청해 왔다.

그처럼 정임에게는 적적함을 달래주는 고마운 분들이 주위에 맴돌았지만, 정임의 가슴 속으로 외롭게 둥둥 떠다니고 있는 분신들의 눈망울이 언제나 마음 한 구석을 어둡게 했다.

그 속으로 어느 날 반가운 소식이 날아들었다.

어머니가 목포형무소에서 감형을 받고 출옥했다는 것이다.

며칠 휴가를 내고 고향으로 달려갔다. 생활을 짓누르던 가난이 유죄로 어머니를 면회 한 번 제대로 할 수 없었던 정임은 못 견디게 보고 싶었던 어머니와 형제들을 오래간만에 만나 부둥켜안고 울면서 그 동안의 회포를 풀었다.

어머니와 형제들은 무엇보다도 정임이 남부럽지 않은 새로운 환경에서 새로운 삶을 시작했다는 것에 기뻐했고, 특히 어머니는 그런 딸의 모습이 대견하다는 듯이 치하해 주었다.

"쥐구멍에도 볕들 날이 있다더니 너를 두고 한 말 같구나. 그래, 너희들은 청춘이 구만리 같으니 힘내고 웃으면서 건강만 해다오."

오래간만에 한 자리에 모인 형제들은 어머니의 위로의 말을 들으면서 하룻밤을 새우고 다음날 아버지의 묘소를 찾아 올라갔다.

아버지 생전의 모습이 눈 앞에 어른거리더니 '너희들 왔냐?' 하시면서 반기는 것만 같았다.

그때부터 집으로 돌아온 어머니는 바빠지기 시작했다.

아버지 몫의 농토 유산상속을 할아버지로부터 받아야 했기 때문이다.

　그러나 거기에서부터 다시 갈등이 시작되었다.

　동네 앞 비옥(肥沃)한 전답은 이미 숙부들이 다 가져가고 농사가 제대로 되지 않는 척박한 땅만 아버지 몫이라고 바꾸어 내놓았기 때문이다.

　그와 같은 갈등으로 어머니는 우울해지면서 말을 잃고 허공만 쳐다보며 긴 한숨을 거푸 내쉬다가 혼잣말처럼 중얼거렸다.

　"커 나가는 저것들 공부도 시켜야 허는디……."

　앞으로 어린 자식들을 데리고 살아갈 일이 난감하다는 어머니의 한숨이었다.

　생각 끝에 정임은 넷째 사례를 아버지가 알고 지내온 읍내 한약방 잔심부름이나 도우면서 그 일을 배우게 하면 식구들의 입도 덜고 여러 가지로 도움이 될 것 같다는 생각이 들었다.

　어머니도 그 생각에 따라주었다.

　그렇게 해서 넷째 사례는 약방에 맡겨졌다.

　그처럼 각박해진 현실에서 답답함을 토하는 어머니의 긴 한숨을 뒤로하고 다시 떠나야 하는 정임의 발걸음은 천근만근으로 무겁기만 했다.

　어지러운 생각을 뒤로한 채 정임은 직장으로 돌아왔다.

　반겨주는 동료 여 문관들과 상사분들과의 어울림 속에서 낮에는 그런대로 그늘진 얼굴에 웃음이라도 담을 수 있었다.

　하지만 밤이면 기구한 팔자로 두고 온 그리운 얼굴들이 허공에 둥둥 떠다니면서 눈가에 이슬을 맺히게 하기도 했고, 몸서리쳤던 지난날의 악몽이 되살아 오르면서 가슴에 두방망이질을 하기도 했다.

그렇게 많은 생각들로 밤을 지새우는 밤은 멀기만 했다. 그래도 낮이면 직장에서 시간을 보낼 수 있는 것이 위안이었고, 공휴일이면 부대 뒤 연지산에 올라온 사병들과 살아온 이야기들을 나누기도 하면서 시름을 달래기도 했다.

그렇게 반복되는 시간의 교차 속에서 어느새 그 생활도 4년이 접어들면서 정임의 나이 29세 되던 5월 어느 봄날이었다.

같은 부대 안에 근무하는 윤 소령이 정임을 보고 말했다.

"어이 정 문관, 고등문관 일기생 모집이 있다네. 거기 원서 갖추어서 시험 한 번 보소."

그 제안은 여러 장교들 또한 마찬가지였다. 정임은 떳떳하지 못한 호적관계 때문에 잠시 망설였다. 하지만 짧은 학력에 배운 기술도 없이 앞으로 남은 인생을 살아갈 일을 생각하니 다시 용기를 가지고 도전해 보고 싶었다.

고향집 남동생에게 신원증명서에 필요한 호적등초본 4통을 부탁했다. 물론 미혼인 정차임 이름으로 보내왔고, 그 서류를 범일동에 있는 401 특무대에 제출했다.

1956년 7월 5일, 드디어 대한민국 고등문관 1기생을 모집하는 시험날이었다.

시험장에는 전체 지망생이 13명중 여자는 정정임 한 명뿐이었다. 시험 문제는 생각보다 어렵지 않았다.

그리고 3일 후 신체검사를 받았다. 이제 합격 통지서가 날아오기만을 기다렸다.

마침 고향 남동생으로부터 서신이 왔다.

내용은 누님이 기다리던 고등문관 시험에 합격되어서 신원조회가 나왔고, 누님이 부탁한 대로 정차임으로 말해 주었더니 누님의 합격을 축하한다며 돌아갔다는 내용이었다.

기쁜 반면에 신원을 속이고 있다는 죄책감이 반반으로 엇갈렸다. 어쨌든 합격도 되었고, 신분증 받는 날만 기다리면서 1개월쯤 되었을 때였다.

특무대 차가 문 앞에 와서 멎었다. 그리고 한 사병이 내려와 정임을 보고 말했다.

"정차임은 특무대까지 가셔야겠습니다."

"……."

왠지 분위기가 좋지 않은 느낌이 들었다. 차에 올랐을 때였다. 안면이 있는 한 사병이 정임을 보고 염려가 된다는 듯이 말했다.

"큰 낭패 났습니다. 미혼자 정차임이 아니라 기혼자 정정임이라는 것이 드러났으니 말입니다."

정임은 드디어 올 것이 왔구나 싶었다. 체념을 하면서도 실낱 같은 희망으로 그 사병에게 부탁했다.

"염려해 주니 고맙네요. 나를 누님같이 생각한다면 총포재생창 본부과장을 만나 이 사실을 좀 전해 주시오."

"알겠습니다. 그리 하지요."

동정의 눈빛이 다분히 협조적인 어투였다.

특무대에 도착했다.

그리고 조사실로 들어가 조사를 받기 시작했다.

특무대장이 정임을 건너다보며 물었다.

"어떻게 된 겁니까? 신원을 위장한 데에는 그만한 연유가 있을 것 아닙니까? 말해 보시오."

"속인 것은 잘못된 것이란 것을 시인합니다. 하지만 그렇게 해서라도 살아야겠기에……."

정임은 그 사유를 말하려니 눈물부터 앞섰다.

"무슨 사정이 있으신 모양인데 별것 아니니 마음 편하게 갖고 말해 보시오."

"고맙습니다. 그러면 죄다 말씀 드리겠습니다."

그리고 정임은 일제시대로부터 가족이 당했던 일과, 해방 공간에서 겪었던 일하며, 6.25 사변 당시 복잡하게 얽힌 가족관계를 낱낱이 털어놓았다.

장장 8시간에 걸친 긴 진술이었다.

그 긴 사연을 듣고 있던 특무대장의 두 눈에 어느새 동정어린 연민의 빛이 스며든 것이 역력했다.

특무대장은 얼마만에 침통한 얼굴을 하고 말했다.

"그렇다는 말은 들었지만 남쪽의 군경들이 그리 혹독하고 잔인했소?"

"그렇게 이승철 순경한테 발목이 잡혀 가지고 죽지 못해 살다가 동네 아주머니 덕택으로 고향을 등지고 흘러들어 온 곳이 부산이 었습니다. 그런데 어느 날⋯⋯."

정임은 다시 목이 메어 오면서 다음 말을 잇지 못했다.

취조를 담당하던 특무대장이 주머니에서 손수건을 꺼내 주면서 말했다.

"그만 됐습니다. 눈물 닦으시고 저녁이나 먹으러 갑시다."

그리고 그는 자리에서 어서 일어나라는 듯이 채근을 했다. 그를 따라 부대 근처에 있는 식당으로 들어갔을 때였다.

그는 식사를 시켜 놓고 지긋하게 건너다보면서 입을 열었다.

"그게 어디 정문관만 당한 아픔이겠소. 어쩌다가 나라가 이 모양으로 두 동강이 나가지고 죄 없는 백성들만 고생을 한 것이지요. 나도 이북에 부모형제를 두고 전쟁 통에 군에 입대를 하고 구사일생으로 오늘까지 살아 남았지만, 북쪽에 두고 온 부모형제들이 이 못난 나 때문에 반동분자 가족으로 고문이나 당하지 않았는지 정문관 이야기를 듣고 보니 남의 이야기 같질 않소. 아무튼 우리 서로 돕고 열심히 삽시다. 힘내시오."

"고맙습니다. 그렇게 말씀해 주시니⋯⋯."

지금까지 신분을 속여 온 처지를 이해해 주는 특무대장의 위로의 말에 정임은 가슴이 뭉클해지면서 다시 눈물이 차올랐다.

식사가 끝나고 나서였다. 다시 특무대로 들어가면서 그가 안심하라는 듯이 덧붙여 말했다.

"총포재생창에서 진정서만 접수되면 바로 집에 가실 수 있을 겁
니다."

그날 밤은 특무대 숙질실에서 밤을 새웠다.

그리고 다음날이었다.

오전 10시경, 이윽고 연락을 받은 윤소령과 검사과장이 부대내
의 진정서를 받아 가지고 특무대로 들어왔다. 정임은 눈물이 나도
록 고맙고 미안해서 얼굴을 들지 못했다.

윤소령이 부대원들로부터 받아온 진정서를 특무대장 앞에 내밀
면서 말했다.

"정문관은 우리가 할 수 없는 일을 거뜬히 해준 여장부지요. 선
처를 부탁드립니다. 월남에 파병한 군인 가족들 산후 간호도 정성
껏 돌봐주고, 또 근무에도 충실해서 우리 부대내에서는 모두가 인
정해서 진정서에 도장을 찍어 주었답니다. 하오니 대장님의 넓으
신 아량으로 정문관을 내보내 주시면 모든 책임은 우리가 지겠습
니다."

부대에서 진정서를 받아들고 온 윤소령과 검사과장이 정임의 신
원보증인이 된 셈이었다.

진정서를 접수한 특무대장이 이제는 안심해도 된다는 듯이 정임
을 보고 말했다.

"이제 됐소, 점심을 먹을 때도 됐으니 밖으로 나갑시다."

"이렇게 선처해 주시니 정말 고맙습니다."

"그게 다 정문관이 평소에 부대에서 성실한 모습을 보여 온 결실

이지요, 허허허……."

특무대장은 한껏 여유 있는 웃음을 풀어내면서 자리에서 일어났다. 그리고 어제 그 식당에서 점심을 먹고 난 뒤 헤어지면서 정임을 보고 당부하듯이 말했다.

"젊어서 고생은 사서도 한다는 말이 있으니 부대를 그만두시더라도 용기 잃지 마시고 아까운 청춘을 헛되이 보내지 마시오."

"말씀대로 열심히 살겠습니다. 대장님도 건강하시길 빌겠습니다. 그럼……."

칠흑같이 캄캄한 현실에서 삶을 지탱할 수 없을 것처럼 아득했던 순간을 그렇게 주위 사람들의 도움으로 벗어날 수 있었던 정임은 그러나 다시 앞에 놓인 삶은 막막하기만 했다.

"어디로 갈까?"

발길은 아무도 기다려 주지 않는 텅 빈 방으로 허탈하게 돌아올 수밖에 없었다.

갑자기 홀로 된 외로움이 밀려들면서 머리를 깎고 속세를 등지고 싶다는 강한 유혹이 손짓해 오기 시작했다.

그러나 그 계획에 얼른 발을 옮기지 못한 채, 겨우 그 뒷산이나 올라가 목이 터져라 하고 그리운 식구들의 이름이나 부르다가 훌쩍거리며 내려오곤 했다.

그렇게 세속을 떠나야겠다는 생각은 마음뿐으로 막상 그 자리로 걸음을 옮기지 못하고 산에서 내려온 저녁 때 쯤이었다.

뜻밖에도 남동생 호인이 불쑥 모습을 나타냈다.

"누나!"

"어?! 니가 갑자기 어쩐 일이냐?"

그때였다.

그 뒤에 생각지도 않은 명애 아버지 이승철이 뒤따라 들어서고 있었다.

그 얼굴을 보는 순간 정임은 온몸이 굳어 버린 채 그대로 서서 할 말을 잃고 있었다.

"추워 죽겠소, 어서 방으로 들어오라고 말이나 좀 하시오."

머뭇거리던 승철이 멋쩍은 웃음을 흘리면서 한 첫 마디 말이었다. 호인은 그런 어색한 분위기 때문인지 시선을 피했다.

"무슨 업보가 또 남아있다고……."

동생을 따라 방으로 들어와 앉는 승철을 쳐다보며 정임은 엷은 한숨을 내쉬었다.

그러나 어찌 되었건 찾아온 사람 저녁식사 준비는 해야 했다. 아무 말 없이 부엌으로 나와 식사 준비를 하고 있을 때였다.

여전히 접착력 좋은 그는 아궁이에 시키지도 않은 불을 지펴주면서 말했다.

"소식은 듣고 있었소, 다 잊어뿔고 나 따라 갑시다. 명애가 기다리고 있으니……."

"기가 막혀서……, 얼굴에 철판을 깔아도 한두 번이지. 이제 와서 아무 대책도 없이 당신을 또 따라가라고?"

"준비 없이 오다니, 호인이한테 물어보시오."

찾아올 때는 그만한 준비는 해두고 왔다는 듯이 웃어 넘겼다. 하지만 거짓말을 물마시듯이 하는 사람 말을 더는 믿고 싶지 않아 대꾸도 하지 않고 귓가로 흘려 버렸다.

그러나 승철은 저녁식사를 하는 둥 마는 둥 짐을 챙기라고 동생 호인을 보고 채근을 했다.

하지만 정임은 그 말을 무시해 버리듯이 자리에 누워 버렸다.

다음날 아침이었다.

호인이 역시도 승철의 생각에 동의한다는 듯이 말했다.

"한 번만 더 누나가 속는다 셈치고 따라가면 어떻겠소. 명애도 엄마를 기다리고 허는디……."

하지만 그와 살아오던 짧은 시간 동안에 겪었던 가지가지의 배신과 역경은 정임의 마음을 쉽게 풀어주지 않았다.

정임은 다시는 그 생활 속으로 걸어 들어가고 싶지 않았다.

머리를 흔들었다.

그러나 여전히 막무가내로 서두르는 그였고, 어쩔 수 없이 정임은 생각을 바꾸었다.

기왕에 속세를 떠나기로 작정한 이상 식구들의 얼굴이라도 한 번 보고 떠나야겠다고 마음을 고쳐 먹었다. 그리고 서둘러 짐을 꾸려 소화물로 붙이고 밤차에 몸을 실었다.

광주 송정리역에 도착했을 때는 이른 새벽이었다.

그는 붙인 짐도 찾아야 한다면서 여관을 정해 주고 나갔다가 오후가 돼서 들어와서는 혼잣말하듯이 중얼거렸다.

"그 참, 갑자기 방을 얻을라니 마땅한 방이 없네."

"준비해 놓고 왔다면서 거짓말이었구랴."

"거짓말은? 마음에 준비를 했다는 말이지. 아무튼 방을 얻어야
하니까 여기서 며칠만 쉬면서 기다려요, 아무 걱정 말고."

그리고 승철은 짐은 찾아 아는 집에 맡기고 왔다며 밖으로 나갔
다. 그런 그는 나간 지 3일 만에 딸 명애를 여관으로 데리고 들어왔
다.

세 살 때 두고 떠난 명애는 어느새 일곱 살로 몰라보게 자라 있었
다.

"명애야, 너 보고 싶어하던 엄마야, 어서 인사해야지."

"엄마!……."

"명애야! 흐흑 흑……."

기가 막힌 모녀 상봉은 서로를 부둥켜안고 눈물 또 눈물을 흘리
게 했다.

그날 저녁 무렵, 정임은 오래간만에 명애의 손을 잡고 영산포에
살고 있는 넷째 아우 사례를 찾아갔다.

가난이 원수로 어머니가 출옥한 뒤, 한 입이라도 덜기 위해 나이
열일곱 살에 한약방 집에 맡겨졌던 동생이었다.

그러나 그 후 사례는 한약방에서 아버지 뻘이나 되는 홀아비의
눈에 들어 혼례를 올리고 정임을 대신해서 친정집을 돌보고 있다
는 소식이었다.

기구한 운명으로 헤어졌던 몇 년만의 자매 상봉은 다시 또 눈물

바다를 이루었다.

"언니야! 흐흑, 흑……."

"그래, 사례야. 이 언니가 너를 볼 면목이 없구나. 우리 자매 지지리 복도 없이 태어나서……."

서로가 타고 난 분복 없음을 원망하며 부둥켜안고 눈이 붓도록 울고 또 울었다.

세상 모르는 명애도 그 울음에 따라 울었다.

그곳 동생 집까지 데려다준 승철은 방을 얻어 놓고 데리러 오겠다는 말을 남기고 나간 뒤 그 일주일쯤 되어서야 얼굴을 내밀면서 말했다.

"한 보름 더 기다려야 할 것 같소. 오래간만에 동생도 만났으니 여기서 쉬면서 기다리면 데리러 오겠소."

아무래도 그 느낌이 별로 좋지 않았다.

명애를 사례에게 맡겨 놓고 짐을 맡겨 놓았다는 벙어리네 집을 찾아갔을 때였다.

벙어리 내외가 나와 뜨막하게 쳐다보며 짐은 벌써 찾아갔는데 무슨 말이냐고 되물었다.

그야말로 뒤통수를 한 방 얻어맞은 기분이었다.

"이 인간이 또 나를 속였구나."

다시 속았다는 배신감에 속살이 떨려 왔다. 하지만 이미 엎질러진 물이었다.

어디로 갔는지 그의 행방을 찾아 수소문을 했지만 도무지 찾을 길이 막연했다.

하루를 헤매어 다니다 보니 주머니에는 돌아갈 차비마저도 바닥이 났다.

해는 져서 어둑해져 가는데 저만치 영산포로 가는 남평다리가 보였다.

어쩔 수 없이 손을 들어 버스를 세웠다. 그리고 무조건 올라타고 안내양을 보고 사정을 했다.

"아가씨 미안하지만 한 번만 봐주소. 길을 나섰는데 그만 돈이 떨어져서······."

안내양은 빠르게 정임의 행색을 살피더니 그럴 사람 같지 않아 보였던지 고개를 까딱해 보이면서 말했다.

"할 수 없죠, 뭐."

그 말에 눈물이 나올 정도로 고마워지면서, 한심스러운 자신의 처지에 자꾸만 눈물이 솟구쳤다.

영산포 아우네 집에 도착했을 때는 밤 11시가 넘었다.

세상 모르는 명애는 잠이 들어 있었고, 또 속았다는 사실에 정임과 사례는 울면서 서로의 신세 한탄을 늘어놓고 있었다.

"당장 갈아입을 옷가지도 없이 이 일을 어쩌면 쓰까. 철천지 원수를 만났는가. 또 거지를 만들려고 부산까지 찾아와서 날 속이고."

"명애 아부지, 해도 해도 너무하네요. 세상 천지에 어디 그런 인간이 다 있대요."

"이제는 알몸 거지로 저 어린 것만 떠맡게 생겼으니……."

"어쩐대요, 어무니도 형무소 있을 때 심한 고문을 받은 데다가 출옥해서 숙부님들하고 재산 분배 관계로 맘을 상해가꼬 정신이 이상해져서 저 양반이 치료해서 겨우 살아 숨만 쉬고 있는데 또 언니까지……."

정임의 주위 형편은 찾아 들어가서 마음 놓고 쉴 곳조차도 없었다. 눈 앞이 아득해져 왔다.

하지만 자매가 만나 푸념조차도 마음 놓고 할 수가 없었다. 사례 신랑의 눈치가 보였기 때문이다.

정임은 어쩔 수 없이 며칠을 더 그곳에 머물면서 행여나 하고 소식을 기다리다가 보름이 지나 명애를 데리고 광주로 향했다.

그곳 광주 양림동 시장에는 명애 아버지의 먼 친척뻘 되는 누님 한 분이 옹기장사를 하고 있었기 때문이다.

그는 평소에도 인정이 많으신 분이었다.

찾아온 사정 이야기를 전해 듣고는 오히려 안 됐다는 듯이 말했다.

"이제 와서 미워한들 무슨 소용이 있겠는가. 자네 업보로 생각하고 마음 단단히 묵소. 명애는 애비 찾아줄 테니 걱정 말고 좋은 사람 만나서 그 말 이르고 잘 살소."

불심(佛心)이 남 다르게 좋은 분이었다. 그래서인지 동정의 눈빛을 보내며 명애를 주저없이 맡아 주었다.

그러나 이제 일곱 살로 엄마와 헤어져야 한다는 분위기를 느낀

▲ 유일하게 남아있는 딸 이명애의 어린시절 사진

명애가 울면서 매달렸다.

"엄마! 나도 같이 갈래, 나 데리고 가 엄마!"

"미, 미안하다. 명애야, 이 담에 엄마가 돈 많이 벌어서 우리 명애 데리러 올게. 고모님 말씀 잘 듣고 있어 응, 우리 명애 착하지, 어서……."

울며 매달리는 명애를 어쩔 수 없이 달래어 떼어 놓고 뒤돌아서는 정임의 눈 앞은 하늘도 땅도 빙그르 돌면서 갈 곳 없는 걸음마저 비틀거리게 했다.

어디로 가야 할지 망설이다가 무작정 기차에 몸을 싣고 대전역에서 내렸다.

그러나 곧 생각을 바꾸어 부산행 완행열차에 몸을 실었다. 그리고 대구역에서 내렸다.

대구 칠성동에 동갑네기 사촌 이모가 과수원을 하고 있다는 말을 어머니로부터 들었던 기억 때문에 그곳으로 발길을 돌린 것이었다.

정임은 무조건 그 이모부 최씨 과수원만 찾아가면 된다고 생각했다.

빈 털털이 주머니 때문에 그 과수원을 찾아가는 데 걸어서 꼬박 3일이 걸렸다.

그 이모부와는 처음 대면으로 어색한 인사를 나누었다.

이모 댁 식구는 아들 둘에 딸 하나로 모두 다섯 식구였고, 과수원 일을 돌봐주고 있는 젊은 일꾼 내외와 그들의 아들 하나, 도합 식솔이 여덟 명으로 대가족이었다.

하지만 일손은 숫자와는 상관없이 모자랐다.

과수원에다가 개, 돼지, 닭 등 많은 가축까지 기르고 있었기 때문이다.

그래서 몸은 수고로웠지만 얹혀 지내기에는 오히려 마음이 편했다. 그러는 동안 여름이 지나고 가을이 되면서 식구들은 아침 일찍 일어나 과일을 따고 고구마를 캐내어 묶어 실어주면, 이모와 정임은 그것들을 시장으로 팔러 나갔다.

그런데 정임은 명애 아버지 이승철과 잠시 만나 가졌던 그놈의 잠자리 관계로 다시 임신이 되어 배가 불러 있었다.

그래서 심한 육체노동을 할 수가 없기 때문에 더는 얹혀 지낼 수가 없었다.

생각 끝에 정임은 지난날 부산에서 셋방을 얻어 살 때 마치 친딸처럼 대해 주던 주인 아주머니를 찾아가기로 마음을 정했다.

수양어머니로 삼았었기 때문이다.

그 생각을 이모에게 내비치었을 때였다.

"그래도 다행이네, 객지에서 그런 분을 만났다니……. 아무튼 마음 굳게 묵고 사소. 사노라면 좋은 날도 안 있겠는가."

그리고 이모는 이모부 몰래 감춰둔 돈 오천 원을 꺼내 그 동안 고생했다면서 정임의 주머니에 넣어 주었다.

정임은 저녁나절 작별 인사를 하고 부산행 기차에 몸을 실었다. 창가에 앉아 저물어가는 석양노을을 바라보고 있는 정임은 눈시울이 점점 붉어지면서 하염없는 눈물을 쏟아내고 있었다.

지워지지 않는 흔적

삶의 아픔을 곱씹으며 진주역쯤에 도착했을 때였다.

앞좌석에 앉은 점잖게 생긴 신사 한 분이 말을 붙여왔다.

사십이 이쪽 저쪽으로 보였다.

"아주머니는 어디까지 가십니까?"

"부산까지 갑니다."

"보아하니 산달 같으신데 친정에 가시오?"

그 물음에 얼른 대답을 할 수가 없어 고개를 숙이고 말았다.

그러자 그 아저씨는 궁금했던지 다시 물어왔다.

"애기 아빠는 무얼 하십니까?"

대답이 더욱 궁색해진 정임이었다.

창밖으로 멀리 시선을 돌린 채 대답을 피했다.

그 몸짓 표정이 더욱 궁금했던지 그 신사는 혼잣말하듯이 정임을 향해 한 마디 했다.

"아들이든 딸이든 낳아 기를 수 있다는 것이 여자로서 큰 축복이
지요."

그 말을 하는 신사의 얼굴이 어딘가 모르게 쓸쓸해 보였다.

그 말에 정임은 입을 열었다.

"실례지만 아저씨는 몇 남매나 두셨어요?"

"결혼하고 이십년이 넘도록 슬하에 자식 하나 못 얻었습니다. 부
럽군요."

"죄송합니다. 그런 줄도 모르고 괜한 말을 물어서……."

"아닙니다. 다 타고난 팔자겠지요."

그렇게 이야기를 주고 받기 시작하면서 기차가 부산진역에 도착
했을 때였다. 그 아저씨는 친절하게도 정임의 짐까지를 내려주면
서 말했다.

"몸이 무거운데 들어다 드리지요."

그리고 그는 행길로 나와 택시를 세우면서 말했다.

"어디까지 가시는지 가는 길에 태워다 드리고 가겠습니다. 타시
지요."

"어머, 가야까지 가야 하는데요."

"잘 됐군요, 저와 방향이 같아서……. 어서 타시지요."

"정말 감사합니다."

염치없이 그 아저씨가 권하는 대로 택시에 올라탔다.

그리고 수양어머니 집 앞에 차를 세웠다.

밤 아홉시로 늦은 시간이었다.

부산을 떠난 이후로 서신 한 장 띄우지 못했던 수양어머니를 낮은 목소리로 불렀다.

"어머니! 저 정임이에요."

"아이고 궁금했더니……. 퍼뜩 들어온나."

그리고 문을 열고 뛰어 나오시던 수양어머니는 뒤에 서 있는 웬 낯선 남자와의 동행에 잠시 어리둥절해 하는 표정을 짓다가 여전히 반가운 목소리로 말했다.

"저분은 누구신지……. 춥소, 빨리 들어오소."

그러자 그 아저씨는 짐을 들고 방으로 따라 들어왔다.

그리고 수양어머니와 인사를 나누면서 대충은 분위기를 느끼는 모양이었다.

일어나면서 주머니에서 돈을 꺼내 수양어머니 손에 쥐어주면서 말했다.

"얼마 안 되는 돈입니다. 몸을 풀라면 돈이 필요할 것 같아서 드리는 것이니……. 그럼 시간나면 또 들르겠습니다."

기차 안에서 잠시 만나 이야기를 주고 받았던 아저씨는 정임의 형편이 딱해 보였던지 거금 칠천 원을 털어주고 가면서 또 들르겠다는 인사를 뒤로 남기고 갔다.

"저 아저씨하고는 어떻게 안 사이냐?"

수양어머니가 어리둥절한 얼굴로 물어왔다.

"오다가 기차 안에서 만난 사람인데 고맙게도 임산부라고 저렇게 인정을 베푸시네요. 여기까지 택시로 태워다 주고⋯⋯."

"세상에는 저렇게 복을 짓고 다니는 사람도 다 있구나."

"부인이 애를 못 낳는다나 봐요. 그래서 부러운가 봐요."

"그래도 그렇지, 옷깃만 스쳐도 전생에 인연이라는데 니가 전생에 복을 지었든 갑다. 허허허⋯⋯."

수양어머니는 부처님의 인연법까지를 떠올리며 흐뭇해 했다.

그리고 정임이 거처했던 방이 아직 비어 있다면서 치워 주었다.

잘 왔다는 생각이 들었다.

다음날 정임은 그 아저씨가 주고 간 돈으로 쌀 한 가마니와 장작한 구루마를 사고도 이천 원이 남아 이것저것 산후 준비를 할 수가 있었다.

그렇게 부산 수양어머니를 찾아와 한 달이 지난 어느 날 아침 정임은 마침내 아무 진통 없이 아이를 순산했다.

딸이었다.

이웃집 할머니들까지 소식을 듣고 찾아와서 순산을 축하해 주었고, 오후쯤 순산 소식을 들은 그 아저씨가 찾아와 방문을 열고 들여다보면서 말했다.

"순산을 축하합니다. 아들이었으면 좋았을 텐데⋯⋯."

"날씨도 추운데 찾아 주서서 고맙습니다. 누추하지만 들어오시지요."

"들어가도 되겠습니까?"

그 말을 마치 기다리기나 한 사람처럼 성큼 들어와 앉은 그 아저씨가 앉자마자 물어왔다.

"늦었지만 성씨는 어떻게 되시고 고향은 어디시오?"

"성은 하동 정씨고 고향은 전남 영암군 신북면 월지리랍니다."

그러자 아저씨는 약간 당황한 표정으로 되물었다.

"하동 정씨라고 했소?"

"네, 아버지 존함이 정남기 씨거든요."

"그 참……. 하마터면 조상한테 큰 죄를 지을 뻔했소."

"무슨 말씀이신지……."

그러자 그 아저씨는 멋쩍은 웃음을 흘리면서 입을 열었다.

"사실은 기차 안에서 만나 이야기를 들으면서 애기 아버지하고 무슨 말 못할 사연이 있는 듯해서 아들이면 내가 데려다가 기르려고 했었소. 첫눈에 아주머니 인상도 좋고 해서…. 그런데 같은 종씨라니…."

그리고 그는 자리에서 일어나면서 준비해 가지고 온 듯 뭉칫돈을 건네주면서 말했다.

"만 삼천 원이요. 이 돈 가지면 일년 식생활은 해결할 수 있을 것이요. 잘 기르고 건강하시요."

"어떻게 그 많은 돈을 제가……."

"재산 넘겨 줄 자식도 없는데 불행한 이웃이나 돌보는 데 써야지요, 그럼……."

그 아저씨가 돌아가고 나서였다.

정임은 아무리 생각해도 기차 안에서 만난 그 아저씨가 부처님

이 보낸 전령의 사자(使者)처럼 느껴지면서 거푸 관세음보살을 되
뇌었다.

그리고 그 돈을 가지고 성명철학에 능통하다는 임학선생을 찾아
가 딸아이 이름을 부탁했다.

이성애로 지어 주었다. 성애는 그처럼 희비(喜悲)가 엇갈리는 분
위기 속에서 태어났다.

그처럼 불행한 엄마 뱃 속을 빌려 태어났지만 하늘의 축복처럼
돈이 따라왔다.

그 뒤 정임은 여기저기를 다니면서 집에서 할 수 있는 일이면 열
심히 도맡아 하면서 백만 원짜리 계모임에도 들 수 있게 되었다.

계주의 남편은 부산진구 경찰서 형사반장 마누라로 믿을 만한
모임의 계였다.

계모임 돈을 붓는 재미로 힘든 일도 마다하지 않았다.

그러면서 성애가 첫 돌이 지나고 언젠가부터 주위에서 재혼 말
이 오고 갔다.

"혼자 살기는 아깝네. 젊은 나이에 저렇게 애비 없는 자식이나
키움서 혼자 살 텐가? 고집 피우지 말고 늦기 전에 재혼하소."

"누가 애 딸린 나를 데려간대요?"

농담 삼아 말대꾸를 했다.

그러자 옆에서 듣고 있던 꿀장수 아주머니가 정색을 하면서 말
했다.

"그럼 자식 딸린 상처 자리면 되겠네. 우리 이웃집에 사는 삼십

오세 된 아주머니가 아들 형제만 넷을 두고 세상을 떠났는디 어떤 여자가 그 많은 어린애들을 키워주려고 들어오겠소. 그러니 서로 불쌍하게 생각하고…."

"아니 미쳤소? 애가 자그마치 다섯이나 된다면서 고아원 원장도 아니고 누가 그 애들을 맡는단 말이요, 농담이라도 그런 말하지 마쇼."

큰방에서 마루에 앉아 주고 받는 말을 엿듣고 있던 수양어머니가 뛰어나오면서 꿀장수를 향해 핀잔주듯이 말을 가로막았다.

그래서 그 말은 끝을 맺었다.

그리고 얼마 후, 정임의 손에는 그 동안 착실히 불입했던 곗돈 일백만원이 소롯이 손에 쥐어졌다.

그 돈을 어딘가 투자해서 불려야 했다.

그때 마침 철도관사로 활용하던 일본 적산가옥 대여섯 채가 매매로 나왔다고 했다.

계주인 형사반장 부인에게 그 일을 타협했다.

마침 계를 탔을 때 계주가 자갈치시장 안에 이불점포를 낸다면서 1개월만 쓰기로 하고 빌려갔기 때문이다.

"적산 철도관사라면 계약하시요, 언니 돈은 걱정 말고."

정임은 이제 돈을 불리는 일에 꿈이 부풀어 있었다.

그런데 행운의 여신은 그처럼 부풀어 있는 정임의 꿈을 끝내 외면해 버리고 말았다.

그러니까 그 해, 그처럼 해방공간에서 서양 자유주의 물결을 선

호했던 이승만 정권이 영구집권할 태세로 저지른 3.15 부정선거로 마침내 4.19 민주화 혁명이 일어났던 것이다.

1960년 4월 27일, 결국 이승만 대통령이 하야를 하고, 들어선 허정 내각 수반은 '비혁명적 방법에 의한 혁명'을 수행하겠다고 천명했다.

4월 28일 과도정부의 입각자 명단을 발표하고, 5월 2일 첫 국무회의를 열어 혼란 상태에 있는 정국을 수습하고 결의문을 발표했다.

그 첫 번째가 부정선거 관련자 엄중처벌이었다.

이승만의 후계자로 3.15 부정선거 추진계획에 따라 국민의 주권을 짓밟았던 이기붕은 4월 25일 교수단 데모를 계기로 데모대가 서대문 자택을 포위하자 육군단 영내로 피신했다. 이기붕의 피신을 둘러싸고 해외 망명설까지도 나돌았었다.

그러나 그가 잠적한지 3일된 4월 28일, 계엄사령부에서는 이기붕 일가 자결사건에 관해 다음과 같이 발표했다.

"금일 5시 40분 이기붕씨, 박마리아 여사, 장남 이강석 소위, 차남 이강욱 군은 시내 세종로 1번지 소재 경무대 제 36호 관사에서 자결했다. 동 유해는 자결 현장에서 검사의 검시를 끝마치고 수도 육군병원에 안치 중에 있으며 그 진상은 조사 중이다."

이기붕 일가 장례는 이승만 부부와 자유당 소속 의원들이 참석한 가운데 수도육군병원에서 거행되었다.

민족과 나라의 백년대계는 안중에도 없이 그야말로 일신의 영달

만을 위해 위선으로 치달았던 그들의 종말은 이처럼 쓸쓸하게 그
막이 내려지고 허정 과도정부가 들어섰다.

그리고 3.15 부정선거 관련자들에 대한 처벌과업이 진행되면서
하야를 하고 이화장에서 두문불출하고 있던 이승만은 4월 29일,
측근에 알리지도 않은 채 부인 프란체스카 여사만 동반하고 비밀
리에 김포공항을 떠나 하와이 망명길에 올랐다. 12년 동안이나 전
제군주처럼 독재와 전횡을 일삼아 오던 이승만의 쓸쓸한 망명길
이었다.

그러나 4월 30일, 국회에서는 양일동 의원과 장면 민주당 대표가
과도정부에 이승만 대통령의 탈출 경위와 진상을 밝히도록 요구
하고 나섰다.

민주당 의원들은 독재로 인한 부패와 학정에 사과하지 않고 이
승만이 그대로 망명했다는 것은 무책임한 처사라는 성명을 발표
하면서 망명길을 열어준 과도정부를 비난하고 나선 것이다.

이에 허정의 변명은 이승만은 건강이 나빠서 하와이로 요양차
떠난 것이라고 말하고 오히려 시국수습에 도움이 될 것이며, 필요
하다면 언제든지 소환할 수 있다고 궁색한 답변을 하기에 급급했
다.

이렇게 국민의 4월 민주화혁명으로 자유당 정권이 붕괴되면서
이후 부정선거를 도왔던 관계 공직자들은 삭탈 면직을 당해야 했
다.

사회 분위기는 어수선해지기 시작했다.

경찰 가족이 미래를 꿈꾸던 점포를 앗아갔고, 마침내 두 손뼉을 친 채 형사반장 부인이던 계주는 어디론가 행방을 감추고 말았다.

부푼 가슴으로 적산가옥을 계약해 놓고 그대로 먼 산만 쳐다보게 된 정임이었다.

그야말로 허리끈 졸라매고 쌓아 올렸던 꿈이 하루아침에 무너지고 말았다는 허탈감에 정임은 다시 일어설 아무런 의욕도 생기지 않았다.

그때 운명의 장난이었던지 재혼을 운운하던 그 꿀장사 아주머니가 모습을 나타냈다.

정임은 그때 하던 말을 생각하고 긴 한숨을 내쉬면서 말했다.

"차라리 그 집에 들어가 엄마 없는 애들이나 길러 주면서 우리 성애를 키울까 봐요. 딸이 없는 집이니까 형제같이 귀여워 해 줄 테고……."

그러자 꿀장사 아주머니가 눈을 반짝하고 다가앉으면서 말했다.

"지금 한 말 정말이요? 내 그러면 다리를 놓아 보리다."

정임은 대답 대신 고개만 까닥해 보였다.

삶에 지쳐 있었기 때문에 누군가의 보호를 받으며 생활에 안주하고 싶었던 것이다.

꿀장사 아주머니는 정임의 그 말을 듣고 달려 나갔고, 이튿날 다시 모습을 나타내면서 그 쪽 집안 소식을 들고 와 풀어 놓았다.

"한 여자가 들어와 살다가 두 달도 못 채우고 나갔대요. 할 수 없이 큰어머니하고 작은어머니가 교대로 와서 빨래며 밥반찬을 해

줌서 다니는데 어린 것이 밤이면 엄마를 찾아 울고 보채는 것이 눈 뜨고는 못 보겠다고 그럽디다."

"팔자 궂은 년, 불쌍한 애들이나 길러 주는 적선이나 하면서 살까 봐요."

정임의 생각은 그랬다.

그 쪽으로 관심을 갖는 것처럼 물었다.

"그 아저씨는 몇 살이고, 큰 아들은 몇 살이래요?"

"애기 아부지는 철도청에 다니는데 나이가 사십이고, 큰 아들은 열여덟이고, 막내가 이제 네 살이래요. 한 번 만나 볼래요?"

"그러죠 뭐."

그리고 며칠이 지난 어느 초저녁이었다.

문 밖에서 귀에 익은 꿀장수 아주머니의 목소리가 들려 왔다.

"안에 계세요?"

"누구요?"

수양어머니가 방문을 열었을 때였다.

거기에는 꿀장수 아주머니 옆에 한 낯선 여자가 웬 남자와 나란히 서 있었다.

"춥소, 어서 들어오시오."

수양어머니가 뜨막하게 그들을 쳐다보면서 말했다. 그리고 앉자마자 꿀장수 아주머니를 보고 물었다.

"저 아주머니는 누구신고?"

그러자 그 아주머니가 예를 갖추어 앉으면서 말했다.

"저는 이모된 사람입니다. 꿀장수 아주머니가 참한 형부 색시감
이 있다고 해서 이렇게 왔습니다."

"세상에 이런 일이…. 아저씨 성씨는 어떻게 되시요?"

"네, 곽삼출이라고 합니다."

"부인은 무슨 병으로 세상을 떠났소?"

수양어머니는 마치 친딸의 재혼이나 되는 것처럼 꼬치꼬치 캐물
었다.

그러자 이모라는 여자가 대답을 대신했다.

"저의 형부는 일정시대 때부터 지금까지 공무원 생활만 하셨지
요. 그런데 언니가 국제시장에서 과일 도매상을 했는데 불이 한 번
난 것도 아니고 두 번씩이나 화재를 당하면서 화병을 앓다가 돌아
가셨답니다. 그러니 한 집에 남자만 여섯이라 힘들게 살고 있지요.
살림해 줄 여자가 없으니 말입니다."

그러자 수양어머니는 정임을 돌아보면서 말했다.

"너 나이도 이제 서른이 넘었으니 심사숙고해서 결정하그래이."

그 말끝에 정임은 차분하게 생각한 것을 말했다.

"저는 재혼이라는 생각보다도 엄마 없는 불쌍한 아이들이라고
해서 내 아이나 마찬가지로 뒤 수발이나 해 주면서 살고 싶답니다.
그러면 우리 불쌍한 저 딸만이라도 잘 기를 수 있을 것 같아서지
요."

그러자 그 아저씨가 정임의 말을 받았다

"사내아이도 아니고 여식아인데, 내 자식처럼 기르겠소. 그럼 됐

습니까? 허허허……."
　그렇게 하겠다는 만족한 웃음이었다.
　그 날은 그쯤에서 얘기를 끝냈지만 서로가 반승낙을 한 것이나
마찬가지였다.
　날을 잡아 다시 만나기로 하고 모두들 돌아갔다.
　그것은 삶에 지친 자기 스스로가 선택해서 만들어내고 짊어져야
했던 정임의 또 다른 운명의 시작이었다.

여자이기 때문에

삶이라는 인생 길 위에서 수없이 세찬 빗줄기에 몸을 떨어야 했던 정임이었다.

비를 피할 수 있는 안식처를 찾아 안주하고 싶었다.

정임의 나이 34세였다.

그러나 세상은 맹물도 공짜가 없다고 했다. 그 대가를 지불해야 한다는 각오는 그 쪽 상대방에게 필요한 것이 무엇인가부터 생각하게 했다.

그것이 엄마 잃은 그 쪽 아이들을 자상하게 돌봐주어야 한다는 그 의무감 같은 것이었다.

아주 작은 일에서부터 진실로 대해 주고 신뢰로써 접근하다 보면 새롭게 시작하는 가정에 서로가 의지하게 되고 인생에 조그마한 보람도 얻을 것 같다는 생각이 들었다.

마침내 다시 만나서 이야기를 나누자는 제안이 그쪽으로부터 전해져 왔고, 두 사람이 마주 앉게 되었을 때였다.

정임은 그 생각을 받아들인다는 전제하에 가만하게 말했다.

"지금 당장 부부 인연을 전제로 하는 것보다는 먼저 아이들을 맡아 길러 준다는 것을 우선했으면 하거든요. 그리고 나서 서로가 지켜보면서 부부인연을 맺어도 늦지 않으니까요. 이 약속만 지켜주신다면 당장이라도 응하겠습니다."

"허허허…. 생각이 그렇다면 돈 가지고 하는 약속도 아닌데 못 지킬 것도 없지요. 그렇게 합시다."

"고맙습니다. 사실은 저 어린 것을 어디 맡길 만한 곳만 있었으면 맡기고 팔자 사나워 어린 자식들 울려 놓은 죄 많은 인생 부처님 앞에 두 손 모아 빌면서 살고 싶었답니다. 그런데 그쪽도 어린 자식들 데리고 고생을 하신다니 서로 도와가면서 사는 것이 업장 소멸일 것 같아서…."

"허허허…. 생각이 그렇게 깊어 반갑소. 인생이란 산마루를 넘는 길과 같아서 어느 쪽에도 미끄러운 비탈이 있다고 했으니 우리 서로가 조심하면서 살아봅시다."

그날 주고 받은 이야기는 그렇게 서로가 먼저 생활을 합쳐 놓고 보자는 데 의견이 모아졌다. 하지만 그 결정에 수양어머니는 염려가 된다는 듯이 말했다.

"아무리 생각해도 아이가 하나둘도 아니고 다섯이나 되는데 다시 잘 생각해 보래이, 또 후회하지 말고……."

"재혼도 아니고 자식들 맡아 길러주는 조건인데요, 뭘. 그나저나 어머니한테 신세만 지고 어쩌지요? 살다 보면 그 은혜 갚을 날이 있겠지요. 그 돈 백만 원만 안 떼였으면 철도관사를 사서 세놓고 벌어감서 걱정 없이 살아갈 텐데······. 내 전생에 이씨 성하고 무슨 철천지원수를 졌는가, 도둑 년놈들···."

"니 마음을 그리 정했다믄 어짜겠냐. 할 수 없지만서도 내는 우짠지 니가 그 무거운 짐을 지고 살 것이 걱정이 되는기라. 내 자식도 키우기 힘이 드는디 넘 자식 키우기 싶지 않데이."

"전생에 지은 업보 닦는다 하고 살면 되겠죠, 뭐."

"그래, 그런 니 고운 마음이라면 내 할 말 없데이. 적선한다 생각하고 살믄 되겠제. 하지만 그런 니를 본께 짠해서···."

"그래도 내가 남한테 무엇인가 해줄 수 있다는 것에 만족하고 살아야겠죠, 뭐. 팔자 사나운 년이···."

"그럼 됐다. 그런 보살행 마음이라믄······."

그렇게 마음을 결정한 며칠 후였다.

꿀장수 아주머니가 그 집으로 들어가는 택일을 받아들고 왔다.

동짓달 열이튿날이 길(吉)일이라고 했다.

그런 꿀장수 아주머니를 보고 수양어머니가 혼잣말처럼 중얼거렸다.

"중신을 잘하면 술이 석 잔이고, 잘못하면 뺨이 석대라는데···."

그러자 꿀장수 아주머니가 그 말에 응수를 했다.

"좋은 일하러 가는 사람잉께 하느님이 도와주시고 부처님이 도와주셔서 복 받고 살 겁니다. 저 애도 오빠들이 다섯이나 되니까 귀여움도 받을 거고."

"허긴 그것도 니 운명이라믄 우짜겠노, 맘 단단히 묵고 가그래이."

정임의 새로운 운명의 시작이었다.

그 집으로 들어가던 날이었다.

저녁 7시, 정임을 마중나와 기다리고 있던 한 아주머니가 그 집 대문 앞에서 기다리고 있다가 다가오면서 말했다.

"보소! 이 물동이하고 두레박 들고 나 따라오소."

"?……."

"퍼뜩 받고 따라오소, 마."

그 아주머니는 정임의 손에 그것들을 쥐어주며 어서 따라오라는 시늉을 했다.

영문을 알 수 없는 채 그 아주머니 뒤를 따라간 곳은 뒤껼 우물가였다.

"물을 채웠으믄 이고 나 따라오소."

새 사람을 맞는다는 절차의식으로 민속신앙에서부터 비롯된 부정을 막는다는 무속행위 같은 것이었다.

"물동이 이어본지가 십여 년이 넘어서……."

그 말을 하고 정임은 물을 채운 물동이를 머리에 이었다.

그것을 본 아주머니가 웃으면서 말했다.

"물동이 이는 것을 본께 아직 젊었데이."

그때 정임의 나이 34세로 한참 젊은 나이였다.

새 사람을 맞는다는 집안 분위기는 친지들이 모여 잔칫집 분위기였다.

정임은 그 아주머니를 따라 부엌으로 들어갔다.

부뚜막에 짚을 깔아 놓고는 큰 절을 네 번 올리도록 했다.

그런 다음 마련된 빈청으로 안내했다.

그 앞에서 두 번 절을 올리게 했다.

그리고 난 다음 그 시집 식구들이라며 시아주버니, 시동생, 큰동서, 손아래 작은 동서라며 차례로 인사를 시켰다.

그것은 완전히 재혼을 인정하는 절차의식 행위였다.

당혹스러웠다.

인사를 마치고 민망해 하고 있을 때였다.

동행했던 수양어머니도 그 자리가 민망했던지 일어서서 밖으로 나가면서 짧게 인삿말을 남겼다.

"잘 부탁합니다."

그 뒤를 친척들이 하나둘씩 따라 나가고 가족들만 남았다.

하지만 그 쪽 여섯 식구에다가 정임에게 딸린 성애까지 모두 여덟 식구로 대가족이었다.

첫 대면으로 식구들이 모여 저녁 다과상을 물리고 나서였다.

성수 아버지 곽삼출이 입을 열었다.

"나는 빈청에서 거처할 테니 아이들 데리고 큰 방에서 기거하시오."

　방은 큰방과 작은 방을 사이에 두고 빈청으로 쓰는 대청마루가 전부였다.

　그는 빈청으로 건너가면서 성애를 보고 웃으면서 말했다.

　"잘 자거라, 내일 아침에 보자."

　또 다른 운명의 만남은 그렇게 시작되었다.

　다음날이었다.

　아침 식사를 마친 그는 잘 부탁한다는 말을 뒤로 하고 출근을 했고, 정임은 어수선한 집안을 정리하기 시작하면서 아이들의 이름부터 외우기 시작했다.

　큰 아들이 18세로 성수였고, 그 밑으로 태수 15세, 상수가 12세, 영수 7세, 다섯째 철수가 4세였다.

　정임은 우선 그 아이들과 친해져야 했다.

　말붙임을 했다.

　"느이들이 엄마 없이 고생이 많았겠구나."

　그러자 둘째인 태수가 묻지도 않은 말을 했다.

　"그런데 저…. 별난 동생이 하나 있걸랑요."

　"별난 동생이라니?"

　"예, 지금 이모님 댁에 가 있는 상수 동생인데 예, 일요일에만 집에 와요. 고놈이 좀 말썽꾸러기라 예. 사정은 차차 말씀 드리지예."

　그리고 둘째 태수는 치과에서 일을 배운다면서 바쁘게 집을 나갔다.

집안을 정리하다 보니 벽장 안에서 아직도 정리되지 않은 아이들 엄마의 피 묻은 속옷이 나왔고, 외국인들이 입었던 구호물자 옷들이 쏟아져 나왔다.

집안을 대충 정리한 정임은 그 구호물자 옷들을 버리기보다는 다시 고쳐서 아이들에게 입히면 되겠다는 생각으로 손놀림을 하기 시작했다.

그것은 고향에서 삯품을 해오던 능숙한 바느질 솜씨였다.

그 솜씨로 아이들 옷을 만들어 입혔을 때 좋아하는 아이들을 보는 것이 고된 일과 속에서 얻는 기쁨이기도 했다.

아이들은 그런 정임을 잘 따라 주었고, 그러면서 딸 성애도 동생처럼 밤이면 곁에 와서 장난을 치다가 잠이 들기도 했다.

많은 식구에 몸은 고단할 수밖에 없었다.

하지만 아이들이 자라는 것을 보면서 서로가 열심히 노력해서 살다 보면 그 보람 안겨 줄 날이 있을 것이라고 믿고 고단할 때면 스스로를 위로하듯이 '여자의 일생' 이라는 콧노래를 흥얼거렸다.

참을 수가 없도록~ 이 가슴이 아파도~
여자이기 때문에~ 말 한 마디 못 하고~
헤아릴 수 없는 설움~ 혼자 지닌 채~
고달픈 인생길을 허덕이면서~ 아~ 아~
참아야 한다기에~ 눈물로 보냅니다.~
여자의 일생~

그것이 팔자 사나운 여자의 운명 같은 것이라고 노래를 부르며
스스로를 자위하는 정임이었고, 그래서 새롭게 정을 붙이는 아이
들과 저녁을 먹고 나면 그 말동무가 되어 주기도 했다.

그러나 막내 철수는 아버지 귀가 시간이 늦는 날이면 두리번거
리다가 칭얼거렸다.

그래서 하루는 그런 철수를 다독이면서 물었다.

"철수야 엄마 보고 싶어서 그러지? 그렇지만 철수가 울면 엄마
가 서러워서 좋은 하늘나라에도 못 가신단다, 철수 땜에…. 그러니
울고 싶으면 말로 해 봐. 재미있는 이야기도 해 주고 노래도 불러
주고 그럴 테니까. 짜증내고 그러면 이 엄마도 성애 데리고 멀리
가 버릴 거야. 철수 몇 살이지?"

"네 살."

"그럼 성애는 세 살이니까 철수가 동생처럼 데리고 놀아야지 짜
증내면 안 되지. 너는 성애 오빠니까."

그렇게 아이들을 다독이면서 지내는 동안 이웃집 아주머니들과
도 왕래를 하면서 이야기를 나누게 되었다. 자연히 죽은 애기 엄마
이야기도 나왔다.

문태 엄마가 말했다.

"사람 일이란 참 알 수가 없는기라요. 그로크롬 열심히 살아볼라
꼬 한 상수 엄마였는디 거듭 화재를 당해가꼬…. 그래 싼 이자를
얻어가꼬 조금 비싼 이자를 놓는다는 것이 그만에 본전까지 다 떼
먹혀가꼬. 그 이자 돈을 성수 아베 월급에서 갚다가 본께 부부 싸

움도 자주 생기고…. 생활이 말이 아닌기라요. 월급 받아오믄 이자 갚기 바빠가꼬 애기 아빠 도시락 싸주고 나믄 식구들은 두부 공장에서 비지도 얻어오고 국수 공장에서 부러진 쪼가리들을 줏어모아 죽을 쑤어서 끼니를 때움서 죽고 싶다고 혀쌓더니……. 결국에는 울화병이 생겨가꼬 열흘을 굶어서 죽어뿐기라요. 남 다르게 자식 욕심도 많은 사람이었는디 젊은 나이에 어찌 눈을 감고 죽었는지 몰겄어예. 자살하모 저승길도 못 가고 구천을 떠도는 영가 귀신이 된다고 카든디……."

"어쩌지요? 세상 떠난 영혼이 한이 맺혀 저승길을 못가고 떠돌게 되믄 그 자식들 앞길이 맥힌다는디……."

정임은 은근히 그것이 걱정이 되어오기도 했다.

그렇게 오고가면서 가까워진 문태 엄마와 자야 엄마를 통해 그동안의 생활을 엿들을 수 있었다.

그처럼 이웃에 살면서 가끔씩 찾아와 주는 두 아주머니들은 고단한 생활 속에 정임의 유일한 말벗이 되어 주기도 했다.

어느 날 옆집 자야 엄마가 놀러 와서 하는 말이었다.

"보아하니 딸 하나 키울라꼬 희생한 것 같네예."

"죄 많은 엄마지요. 팔자가 사나워서 자식들 모질게 떼놓고 온 죄로 다섯 명 아니라 열 명이라도 그 죄가 삭감만 된다면 무얼 못하겠는가 싶어서 결정했지요."

사실 남 보기에는 재혼인 것처럼 보였지만 정임은 처음 약속대로 그때까지 아직 부부 잠자리 한 번 가져보지 않았다.

　퇴근을 한 삼출은 저녁을 먹고 나면 "잘 자요" 그 짧은 말 한 마디가 전부였다.

　하지만 아이들이 아빠보다는 정임을 잘 따라 주었고, 그래서인지 그쪽 친척들 또한 잘 대해 주었다.

　그리고 사는 분위기를 살펴보기 위해 곧잘 들러 말동무가 되어 주기도 했다.

　그 쪽 집 큰 시아주버니는 친정아버지와 동갑으로 큰어머니는 마치 친정어머니 같은 느낌이 들 정도로 잘 대해 주면서 어느 날 말했다.

　"여자 팔자 뒤웅박 팔자라고 하데, 이왕지사 이 집안에 들어왔으니 고생한 보람이 있어야 안 하겠는가. 나도 아픔이 있다네. 자네만한 큰 딸아가 정신대로 끌려가고 말이여. 밑으로 딸은 시집을 가고 아들 둘 잘 되는 것만 기도하고 살고 있다네. 영감 세상 떠나뿔고…"

　그것이 어쩌면 슬픈 여자의 운명 같은 것이라고 서로의 아픈 가슴을 다독이면서 위로해 주고 돌아가곤 했다.

　어려운 국난에 모두가 나름대로 아픔 안고 살고 있다는 생각에 정임은 기구한 자신의 팔자를 새롭게 가꾸어 나가야 한다고 생각했다.

　그날 밤 들어온 삼출과 진지하게 대화의 시간을 가졌다.

　"아저씨, 제가 일단 이 집에 들어온 이상 모든 일을 나 몰라라 할 수가 없네요. 세상을 떠난 성수 엄마가 빌려온 돈은 갚아야 된다니

직장 동료들하고 계를 모으세요. 목돈을 마련해야 되지 않겠어
요."

"우리 식구가 여덟이요. 무슨 수로 월급가지고 곗돈을 부어가면
서 생활하겠소."

그리고 말문을 닫아 버렸다.

물론 틀린 말은 아니었다.

그래서 다시 말했다.

"식구들 식량하고 연탄은 제가 어떻게 벌어서라도 꾸려 볼 테니
그렇게 계획을 세워 보세요. 그래야 고인이 된 부인도 세상 고통
다 잊고 좋은 곳으로 가게 된 다구요. 유언장에 그 빚은 꼭 갚아주
어야 된다고 했다면서요? 아이들하고 조금이라도 생활에 보탬이
되려고 하다가 그런 것인데 한이 맺혀 뒤돌아보여서 어디 저승길
을 떠나겠어요? 그 유언을 지켜주어야 커나가는 애들 앞길도 잘 풀
린다구요."

"생각이 그렇다니 고맙소, 그렇게 노력해 보겠소."

그 말을 하고 삼출은 방을 나갔고, 정임은 그 뒷자리에 앉아 고
인의 얼굴을 마주 대하듯이 중얼거렸다.

"성수 어머니, 영혼이 있다면 이 불쌍한 자식들 건강하게 성장하
도록 도와주시오. 당신이 떠난 자리 메꾸려니 나도 정말 힘이 든다
오. 하지만 이것도 운명으로 만난 인연이니 받아들이겠소. 부디 이
제 맺힌 가슴 다 풀고 도와주시오."

그렇게 고인의 영혼을 대하듯 말한 정임은 다음날부터 일거리를

찾아 나섰다.

그래서 아이디알 미싱을 월부로 들여와 바느질 삯품도 했고, 수출품 바다고기 잡는 그물을 일거리로 받아와 밤잠도 자지 않고 뜨게질을 했다.

그리고 그 일감이 떨어지면 동양 고무신 공장에서 운동화 뒷축에 생고무를 붙이는 일감으로 품삯을 받기도 했다.

애기 엄마가 지어 놓은 부채를 갚아야 자식들이 잘 된다는 생각으로 허리끈을 졸라맸다.

그 이듬해 큰 아들 성수는 부산사범학교에 입학을 했고, 둘째 태수는 주간에 치과에서 잔일을 돕고 배우면서 야간 중학교에 입학했다.

그리고 영수는 초등학교에 입학했다.

그렇게 정신없이 바쁜 생활 속에서 그 해도 저물어가고 다시 이듬해 4월말 쯤 되는 어느 날 밤이었다.

넷째 영수가 배를 움켜쥐고 사경을 헤맸다.

저녁 먹은 것이 체했나 싶어서 소다도 먹여 보고, 소금도 먹여 보았지만 소용이 없었다.

정임은 아이를 무릎에 눕혀 놓고 내 손은 약손이라며 만져주고 있었다.

그런데 느낌이 이상했다.

퍼뜩 맹장염이라는 생각이 들면서 물었다.

"영수야, 배가 언제부터 아팠지?"

"학교에서부터요."

틀림없이 맹장염이라는 확신이 들었다.

식구를 깨웠다.

"아저씨 일어나세요! 영수가 맹장염인 거 같아요."

"당신이 뭘 안다고 그렇게 단정하는 거요. 조금 있으면 괜찮아질 거요."

"아니라니까요. 그러다가 큰일 당하기 전에 어서 업으세요."

"그 참, 여자 입살이 병이라더니……."

"지금 그런 말할 때가 아니라구요, 어서요!"

입씨름을 할 때가 아닌 것 같았다.

영수를 업고 구세병원으로 달려갔다.

진단 결과 급성 맹장염으로 큰 병원으로 옮기라는 의사의 말이었다.

그래서 서면 로터리에 있는 큰 병원으로 옮겨 놓고 정임은 일단 집으로 돌아왔다.

얼마간 입원해 있으려면 당장 환자를 돌볼 식구들의 이불과 끓여먹을 것을 가져가야 했기 때문이다.

바쁘게 짐을 싸서 머리에 이고 집을 나섰다.

그런데 부지런히 걸었는데도 서면 파출소 앞에서 통행금지 위반으로 걸리고 말았다.

순경에게 사정 이야기를 하고 겨우 풀려나 병원에 도착했을 때 영수는 수술이 끝나고 병실로 옮겨져 있었다.

영수는 잠이 들어 있었고, 삼출은 당장 수술비와 입원비가 걱정이라며 얼굴이 무겁게 그늘져 있었다.

정임은 그 동안 삯품으로 받아 모아두었던 돈을 꺼내 수술비용 일부를 지불했다.

그 며칠이 지나 영수는 수술자리 실밥을 뽑았고, 사흘 후 담당의사는 퇴원해도 된다는 말과 함께 병원비 독촉을 해 왔다. 지불할 돈은 없고 병실 환자들 앞에서 체면이 말이 아니었다.

그 정황이 딱해 보였던지 며칠 동안 같은 병실에서 말벗이 되어 주었던 아주머니가 다가와서 슬며시 말했다.

"생활이 어려우신 모양인데 우리 애기아빠가 퇴원수속을 마치고 들어오면 같이 묻어서 나가게 준비하고 있으시요."

"그러다가 들키면 어쩌게요?"

"아까 의사한테 식모살이라도 해서 병원비 낼 거라고 했잖아요. 벌어서 다음에 갚고 우리 차에 올라타기만 하시라니까요."

빈말이라도 너무나 고마운 아주머니였다.

그날 오후였다.

퇴원 수속을 마치고 들어온 그 집 남편은 자기네 짐을 챙겨 들고 나갔다.

그리고 그 아주머니는 물어볼 것도 없다는 듯이 정임이네 짐까지 들고 병실을 나가면서 어서 따라 나오라는 손짓을 해 보였다.

정임은 잠시 어떻게 할지 망설이다가 경황없이 영수를 데리고 그 뒤를 염치없이 따라 나섰다.

그 부부는 병원 후문에 택시를 세워 두고 있었다.

아주머니가 채근하듯이 정임을 돌아보며 말했다.

"모른 체하고 어서 타요."

"고마워요, 이 은혜를."

세상에는 남의 어려운 사정을 그처럼 이해하고 도와주는 사람도 있었다.

그래서 서로의 연락주소를 주고 받으며 도망치듯 집으로 돌아오게 되었다.

비로소 긴장이 풀린 정임이었다.

삼출을 쏘아보면서 말했다.

"성수 아부지, 영수가 아파서 몸부림칠 때 뭐라고 하셨어요. 그렇게 가볍게 말하시면 안 되지요. 하마터면 아까운 목숨 잃을 뻔했잖아요."

"미안하오, 그날 밤 내가 뭐라고 했는지 몰라도 오해가 있다면 풀어 주시오."

그리고 삼출은 마주대하기가 민망했던지 일어나 큰 방으로 건너가 버렸다.

그러자 옆에 있던 태수가 아버지가 나간 방문 쪽을 흘끔이며 말했다.

"우리 아부지 성격이 원래 그래요. 전에 엄마하고도 그래서 다투기도 했구요. 엄니가 많이 이해해 주셔야 해요. 우리를 봐서……."

그렇게 태수는 나이답지 않게 속이 깊은 아이였다.

  정임은 그 아이들이 엄마를 찾는 두고 온 자식들 처지처럼 느껴
지면서 어떻게 하든지 잘 키워 보려고 노력 했다.
  그래서인지 특히 영수는 자나 깨나 정임의 곁을 떠나지 않고 맴
돌았다.
  그러면서 정임이 시무룩해져 있으면 걱정이 되는지 다가와서 말
붙임을 해 왔다.
  "엄마 어디 아프나?"
  "아니, 영수 너 배고프지?"
  식량이 달랑거려 삼출의 점심 도시락을 싸주고 나면 아이들과
점심은 거의 밀가루 수제비죽으로 때웠고, 철없는 성애는 속없이
칭얼대면서 정임을 우울하게 했다.
  "엄마야, 나도 밥 묵고 싶어."
  "안 돼, 오빠들도 수제비 죽 먹는데 너만 밥 먹을 순 없잖아."
  말은 그렇게 했지만 다섯 살짜리 배도 채워주지 못하는 엄마의
심정은 문전걸식을 하더라도 이 집에 들어오지 말았어야 했다는
후회에 곧잘 우울해지곤 했다.
  그것은 특히 셋째 아들 상수가 말썽을 부릴 때면 더욱 그랬다.
몰래 쌀도 퍼내다가 팔아먹으면서 슬쩍슬쩍 눈속임을 했고, 심지
어는 팔아도 몇 푼 받지 못하는 스텐 밥그릇까지도 들고 나가 팔아
먹었다.
  집안의 말썽꾸러기였다.
  그 버릇을 고쳐 보려고 으름장도 놓고 달래 보기도 했지만 돌아

서면 그뿐이었다.

당해낼 재주가 없었다.

하지만 밖에서 퇴근하고 들어온 삼출이 걱정을 할까봐 일일이 그런 말을 할 수도 없었다.

어느 날 정임은 그런 상수를 앞에 앉혀 놓고 말했다.

"상수야, 너는 엄마 말도 듣지 않고 아무리 생각해도 못살겠으니 가야겠다."

"잘못 했어 엄마. 인제 말 잘 들을게, 가지 마, 응."

상수는 울먹이면서 정임의 치마를 붙들었다.

하지만 그런 상수와는 달리 큰 형 성수는 학교 가는 왕복차비를 절약하기 위해 학교 갈 때만 차를 타고 가고, 그 차비를 절약해서 어떤 날은 자갈치 시장을 들러 생선을 사가지고 들어오기도 했다.

둘째 태수도 그랬다.

학교에서 돌아오는 길에 차비를 아껴 사탕을 사들고 와서 성애와 나누어 먹기도 했다.

그처럼 기특한 마음 씀씀이가 정임의 고단한 생활에 위로가 되면서 일거리가 없는 날은 산으로 들로 쏘다니면서 나물을 뜯어다가 반찬을 만들어 주곤 했다.

그렇게 정임의 근검절약하는 생활로 삼출은 낙찰계를 들어 부인이 짐 지워 주고 떠난 빚 백만 원을 마침내 갚을 수가 있게 되었다.

그렇게 짐을 벗은 삼출은 그 동안 식구들을 데리고 고생했다면서 말했다.

"덕분에 곗돈도 끝났으니 이달부터는 집안 살림 걱정은 안 해도 될 것이요."

"이제 성수 엄마 영혼이 세상 근심 잊어버리고 편안하게 웃으면 서 좋은 곳으로 가겠네요."

그것이 정임의 가슴 밑바닥에 흐르고 있는 불심(佛心)으로 무거 운 인과(因果)의 짐을 벗어버린 기분이었다.

그 해 봄부터 식구들은 제대로 세끼 밥을 챙겨 먹을 수가 있게 되었다.

하지만 커나가는 아이들 밑에 들어가야 하는 교육비 마련을 위 해서는 근검 절약해야 했다.

식구들 반찬값을 아끼기 위해 일거리가 없는 날이면 구포까지 나가서 나물을 뜯어오기도 했다.

식탁에 둘러 앉아 머리를 마주대고 맛있게 먹어대는 세상 모르 는 아이들을 보면서 조그만 희생의 보람을 느끼기도 했다. 그러면 서 그 아이들이 자라 언젠가는 그 마음을 알아 줄 날이 있을 것이 라고 믿어졌다.

그만큼 아이들은 딸 성애를 마치 친동생처럼 잘 대해 주면서 정 임을 따랐다.

특히 영수, 철수는 정임이 빨래하는 샘터까지 따라와서 빨래가 끝나기를 기다리며 맴돌았다.

그처럼 순박한 아이들의 눈웃음이 정임의 고단한 생활 속에서 위로와 기쁨이 되어 주면서 보람이기도 했다.

그러면서 2년이 훌쩍 흘렀다.

그런 어느 날이었다.

큰 아들 성수가 시무룩한 얼굴로 들어와 힘없이 말했다.

"서울에 서라벌 예술대학이 창립된다는데 나 거기 편입했으믄 좋겠는디 아부지가 안 들어주겠지예. 서울 올라갈 차비하고 한 달 하숙비만 있어도 등록금은 내가 벌어서 할 것 같은디."

성수는 다니고 있는 사범학교보다 그쪽을 희망했다. 그 소질을 가지고 있었기 때문이다.

그 마음이 알아지면서 정임은 거기에 조그만 힘이라도 보태 주고 싶었다.

정임은 그날 밤 들어온 삼출을 보고 가만하게 말했다.

"성수 아부지, 돌아오는 일요일 날 극장 구경이나 한 번 시켜 주시오."

"어?! 성애 엄마가 무슨 바람이 불어 극장 구경을 다 시켜 달라 하는고? 오래 살다가 볼 일이구만, 그럽시다. 허허허……."

그는 생각지도 않던 뜻밖의 말에 반가운 표정을 지으며 웃음을 터뜨렸다.

극장구경을 가기로 약속한 일요일 날이었다.

그러니까 그 집에 들어온 지 3년 만에 두 사람이 처음 함께 해보는 바깥 구경이었다.

극장 앞에 당도했을 때였다.

정임은 매표소 앞으로 다가가는 삼출을 붙들고 말했다.

"저 잠깐요! 우리 구경할 돈 가지고 고래 고기나 두 근 사가지고 가서 아이들 하고 맛있게 먹읍시다. 구경한 셈치고."

"허허허… 어쩐지 또순이 아짐씨가 이상하다고 했지. 그렇게 합시다."

극장 구경이 바뀌어 시장으로 가는 길에서였다.

"사실은 의논하고 싶은 말이 있거든요. 저 다방에 올라가서 우리 차 한 잔 해요."

"도무지 정신 헷갈리게 만드시네. 그 참, 허허허……."

삼출은 그 말을 뒤로하고 저만치 보이는 다방으로 성큼성큼 먼저 걸어 올라갔다. 그리고 다방에 앉아 차를 주문해 놓고 정임을 쳐다보며 말했다.

"그래, 의논하고 싶다는 게 뭐요?"

"다름이 아니라 성수 진학 문젠데요, 기회를 놓치면 안 되겠기에…."

"……. 성수 진학 문제라니?"

"성수 특기가 예술 쪽으로 미술이잖아요. 서울에 서라벌 예술대학이 이번에 창립된대요."

"그래서요?"

"성수가 거길 지망하고 싶은가 봐요. 그런데 아버지한테 차마 그 말이 나오질 않은가 봐요."

"뭐요?! 그 아가 제정신 아니구마. 지 밑으로 동생이 몇인데 사범을 나와서 교직생활이나 하면 될 것이지, 이게 뭔 뚱딴지 같은 소리여?"

표정이 확 바뀌면서 버럭 화를 내는 삼출이었다.

하지만 다시 설득을 해 보고 싶었다.

정임은 사이를 두고 다시 입을 열었다.

"형편이야 그렇지만…. 사람은 다 제 타고난 적성대로 길을 가야 성공한다고 하데요."

"적성이고 소질이고 간에 사람은 제 형편에 맞춰 살아야 되는 거요. 이제 지 에미가 진 빚 갚고 한숨 돌린갑다 했더니 배싯대기 부른가, 팔자 좋은 소릴 하고 자빠졌어? 사범 나와서 교직생활하면 이 애비보다 훨씬 나을 텐데, 예술이 다 뭐 말라 죽은 거여. 평생 배고픈 직업이지, 킁!"

더는 말을 들어 볼 필요도 없다는 듯 코방귀를 뀌고 말문을 닫아 버렸다.

그리고 앞에 놓인 찻잔을 비워내면서 말했다.

"어서 일어나 갑시다. 헛소리 그만하고…."

더는 들어 볼 필요도 없다는 듯이 자리에서 일어섰다.

이야기에 결말도 얻지 못하고 다방을 내려올 때였다.

"천천히 내려오시오, 넘어지겠소."

그리고 그는 얼른 옆으로 다가와 손을 잡아주었다.

처음으로 잡아보는 손이었다.

기분이 나쁘지 않았다.

누가 보면 마치 다정한 연인처럼 두 사람은 손을 잡고 시장으로 향했다.

　그리고 고래 고기 두 근을 사들고 집으로 돌아와 저녁식사를 준비했다.

　오래간만에 온 가족이 모여 고래 고기로 영양보충을 하면서 웃음이 흐드러졌다.

　그것은 어쩌면 마음을 움직이는 지혜의 보살이 만들어낸 웃음꽃이었다.

　그러나 정임의 마음 한 구석에는 성수가 갈망하는 서라벌예술대학 편입문제가 걸린 채로 그렇게 썩 좋은 기분은 아니었다.

　그런데 며칠 후 한약방 아우가 생기를 돕는 보약 한재를 지어 보내왔다.

　반가웠다.

　그러나 그것을 자신이 먹기보다는 팔아서 유용하게 써야겠다는 생각이 들었다.

　"어디다 팔지?"

　그때 퍼뜩 떠오르는 얼굴이 있었다.

　8년 전 병기총포재생창에서 함께 근무했던 조대위였다.

　일전에 그가 마침 집 근처로 이사를 와서 반갑게 만났었다.

　보약을 싸들고 그 집으로 향했다.

　그러나 막상 찾아온 용건을 말하지 못하고 멈칫거리다가 마침내 용기를 내서 말했다.

　"저 사실은…. 아이 등록금을 마련해야겠는데 돈이 좀 부족해서,

부끄럽지만 찾아왔네요. 사천 원만 좀 도와주셨으면 하구요."

그리고 정임은 들고 온 보약 보따리를 펼쳐 보였다.

조대위는 잠시 난색을 표하다가 그냥 도와달라는 것도 아니고, 등록금을 마련하겠다는 이야기에 보약을 받고 4,000원을 내주었다.

그야말로 가뭄에 단비 같은 돈을 받아들고 집으로 돌아 온 정임은 성수를 불러 앉혀 놓고 말했다.

"아버지 형편도 그렇고 지난 번에 서울 올라갈 차비하고 한 달 하숙비만 있으면 올라가서 어떻게 해보겠다고 해서 보약을 팔아 사천 원을 마련해 왔지 뭐야, 하는 데까지 노력해 봐."

"정말입니까? 고맙습니다. 올라가서 아르바이트를 해서라도 꼭 성공한 모습 보여 드릴게요."

어깨를 늘이고 있던 성수는 용기가 생기는지 어둡던 얼굴에 생기가 돌았다.

그리고 마음이 바빠 오는지 그 길로 짐을 챙겨 서울행을 했다.

성수 아버지는 예술대학 편입을 반대하는 입장이었기에 성수 혼자 일방적으로 저지른 일이었다.

퇴근을 하고 저녁식사를 하고 난 삼출은 큰 아들의 얼굴이 보이지 않자 아이들을 보고 물었다.

"큰 형은 아직 안 들어왔니?"

그러자 대답을 하지 못하는 아이들은 정임의 눈치만 살피고 있었다.

뒤늦게 사실을 말해야 했다.

"성수는 서울로 보냈어요. 공부도 지가 하고 싶다는 공부를 해야 될 것 같아서요."

"뭐요?!…. 살림 다 살았구만, 쯧쯧…. 그 많은 등록금을 어떻게 당해낼 거라고, 나는 모르겠으니 알아서들 하시요."

그 말을 던지고 삼출은 화가 났다는 듯이 주섬주섬 가방에 옷을 챙겨 들고 집을 나가 버렸다.

그리고 사흘이 지나도 들어오지 않았다.

그런데 집 나간 지 나흘째 되는 날이었다.

철도청에 같이 근무한다는 동료 두 사람이 찾아와서 삼출을 찾으면서 말했다.

"지금까지 결근 한 번 안 한 사람이었는데 무슨 일이 있나 해서 찾아왔습니다."

"아무튼 좀 들어오시지요. 상수 아부지는 큰집에 볼 일이 있어 나가셨는데 아직 안 들어오시네요."

정임은 가출을 했다는 말을 차마 입 밖에 꺼낼 수가 없어 그렇게 둘러댔다.

그러자 동료들이 들어와 앉으면서 말했다.

"허허허…. 곽주사가 행복에 겨워 그런 것 같소. 아주머니 이야기를 듣고 놀랐습니다. 사실은……."

그리고 그 동료 직원은 일어나 밖으로 나가더니 잠시 후 삼출을 데리고 들어왔다.

그때서야 집나갔던 삼출이 멋쩍게 들어올 수 없어서 꾸며낸 각본이라는 생각이 비로소 들었다.

동료 직원들은 이미 상수네 집 사정을 낱낱이 알고 있는 눈치였다.

그런 동료직원을 대동하고 들어온 삼출은 멋쩍은 웃음을 흘리면서 말했다.

"미안하오, 놀라게 해서."

"곽 주사가 부럽소. 현모양처를 둬서, 허허허……."

그 말에 정임은 어디다 시선을 둘 줄 몰랐다.

밖으로 나가서 소주와 안주를 사가지고 들어왔다.

"드시면서 천천히 이야기들 나누시지요. 그리고 저희 집 사정을 잘 아시는 것 같아서 말씀 드리지만 세상에 아버지치고 자식이 원하는 대학 안 보내주고 싶은 사람이 어디 있겠어요. 밑에 줄줄이 있는 동생들 때문에 그러신 거지요."

"옳으신 말씀이오. 하지만 곽주사가 아주머니한테 미안해서 한 번 그래 본 거 아니겠습니까? 핫, 핫, 하……."

몇 잔 술이 들어가면서 삼출은 기분이 좋아졌는지 정임을 추켜세웠다.

"당신이란 사람, 참 대단한 사람이오. 내가 생각지도 못한 일을 그렇게 생각해내니 말이오. 핫, 핫, 핫……."

오래 간만에 보는 웃음이었다.

정임은 부끄러워 하면서 한 마디 했다.

"성수 아버지, 이제 넘 갚을 돈 없는데 식구들 몸만 건강하면 무슨 시련인들 겁이 나겠어요. 애들을 봐서 용기 잃지 말고 삽시다."

"고맙소."

그 사건으로 오래간만에 가슴을 주고 받은 두 사람이었다.

동료 직원들이 돌아가고 잠자리에 들었을 때였다.

잠결에 몸을 더듬는 남자의 손길에 눈을 떴다.

삼출이었다.

입에서 술 냄새가 확 풍겼다.

"어머!…."

"쉿! 가만 있어요."

억센 남자의 힘은 정임의 몸을 그대로 덮쳐눌렀다. 어쩔 수 없이 그가 하는 대로 몸을 맡길 수밖에 없었다.

그로부터 2개월 후 입덧이 나기 시작했다.

그런 어느 날이었다.

심한 입덧으로 식구들이 내놓은 세탁물을 빨고 낮에 잠깐 잠이 들었을 때였다.

머리에 빨간 벼슬이 달린 큰 용 한 마리가 정임이 누워 있는 방으로 들어왔다.

그리고 천장을 뚫고 올라가는데 몸뚱이가 어찌나 큰지 올라가는 것이 힘들어 보였다.

그래서 정임은 벌떡 일어나 꼬리를 붙잡아 받쳐주었다.

그러자 용은 어느새 천장을 기어올라 사라졌다.

아들일 것을 예시해 준 태몽임이 분명했다.

정임은 이제 태어날 그 아들을 위해서라도 열심히 그 집 형제들을 돌봐야 한다고 생각했다. 입덧을 하면서도 바느질 일감이 들어오지 않으면 도로 공사장에 나가서 돌을 날라다 주고 삯품값을 받아오기도 했다.

그러던 어느 날 태수의 학교 선생님이 찾아왔다.

가정환경 방문을 나온 것이었다.

정임은 있는 그대로를 숨김없이 말해 주었다.

거기에 감동을 받았던지 선생님은 가끔씩 얼굴을 내밀었고, 그때마다 이런 저런 이야기를 주고 받게 되었다.

그런데 남자란 참으로 알 수 없는 일이었다.

그런 분위기를 은근히 질투해 오기 시작한 삼출이었다.

그 날도 선생님은 지나는 길에 잠시 들렀다며 이야기를 나누고 있을 때였다.

퇴근시간도 아닌데 느닷없이 들어온 삼출은 다짜고짜 주먹을 휘두르면서 말했다.

"뭐여?! 가정방문 좋아하네. 어디서 수작들이야?"

날벼락이었다.

당황한 정임은 삼출을 몸으로 막으면서 말했다.

"왜 이래요? 알지도 못하면서, 당신은 언제나 이렇게 단순한 것이 병이란 말예요."

예기치도 않은 삼출의 출현과 횡포에 선생님은 대화로는 통할

수 없다고 생각했던지 한 마디 말도 하지 못하고 허둥지둥 대문 밖
으로 사라졌다.

그리고 그 이후로는 다시 얼굴을 보이지 않았다.

다시 겪는 남자에 대한 실망이었다.

그러나 그런 정임에게 위로가 되어 주고 있는 것이 친 엄마처럼
따라주는 아이들이었고, 일주일이 멀다 하고 보내오는 성수의 편
지였다.

미워도 다시 한 번

정임은 만나는 남자마다 안겨주는 실망에 팔자타령을 하면서도 자신이 선택한 길에서 최선을 다해 보리라고 마음을 다독였다.

최선을 다하노라면 틀림없이 그 열매를 거두어들일 수 있을 것이라 믿고 싶었다.

잘 따라 주는 아이들이 조그만 위로가 되어 주고 있었기 때문이다.

성수는 서울에 올라가 아르바이트로 학생들을 가르치면서 등록금도 마련하여 원하던 학교생활을 잘 하고 있다는 내용의 편지를 보내왔다.

그렇게 생활하는 동안 정임에게 산달이 되어 왔고, 그때쯤 태수는 치과의사 조수로 들어가 일하면서 야간 고등학교에 입학했다.

그런 아이들이 삶의 용기를 북돋아 주면서 정임은 만삭의 몸으로도 일감을 손에서 놓지 않았다.

힘이 들 때면 스스로를 위로하듯이 콧노래를 흥얼거렸다.

"~이래도 한 세상~ 저래도 한 세상~ 돈도 명예도 사랑도 다 싫다~."

노래를 흥얼거리다 보면 어느새 눈가에 이슬이 맺히곤 했다.

그런데 어느 날 또 다른 사건이 정임의 마음을 우울하게 했다.

식수가 떨어져서 우물에서 물을 긷고 있을 때였다.

집 쪽에서 성애의 울음소리가 들려 왔다.

물동이를 그대로 둔 채 집으로 쫓아 들어갔을 때였다.

학교 갔다 온 셋째 상수가 불쑥 손을 내밀면서 말했다.

"엄마! 나 돈 좀 줘."

"무슨 돈을? 돈이 있어야 주지."

그리고 울고 있는 성애를 쳐다봤다.

그런데 이게 웬 일인가?

가슴이 덜컥했다.

성애의 눈에서 붉은 피가 흘러 내리고 있었다.

하급을 하고 달려가 치마로 눈에 흐르는 피를 닦고 눈동자를 살폈다.

다행히 각막은 상하지 않은 채 눈언저리가 찢어져 피가 흐르고 있었다.

훌쩍이고 있는 성애는 상수 오빠가 그랬다는 듯이 그 쪽을 손짓하면서 말했다.

"오빠가 돌맹이 갖고 때렸어. 엄마, 흑흑······."

심술을 성애에게 풀었다는 생각이 들면서 정임은 상수를 야단쳤다.

"돈 없는 것이 성애 죄드냐? 왜 이 어린 것을 때려? 말로 하지."

"엄마도 싫어! 돈도 안 주고······."

"그래, 지금까지 너희들을 바라보고 살아온 것이 허사였구나."

그 사건이 있고 난 후였다.

정임은 마음이 놓이지 않으면서 마음이 바뀌어지기 시작했다.

하지만 뱃속에서 꿈틀거리는 아이 때문에 어쩌지도 못하고 입에서는 신세타령만 흘러 나왔다.

"무슨 놈의 팔자가 이렇게도 기구하단 말이냐? 산 넘어 산이라니···."

그 신세타령 속에서 세상 모르는 아이는 뱃속에서 꿈틀거렸고 드디어 어느 날부터 가벼운 진통을 보이기 시작했다.

그러나 진통만 있을 뿐 해산의 기미를 보이지 않았다.

어쩔 수 없이 산파를 불러들였지만 별 수가 없었다.

마침내 구세군 병원장까지 왕림하는 소란을 피우게 됐다.

원장이 머리를 갸웃하면서 말했다.

"아이가 놀지 않으니 빨리 손을 쓰셔야 할 것 같습니다."

"나올 때가 되지 않아서 그런 것 아닙니까? 좀 더 기다려 봅시다."

그처럼 무뚝뚝한 삼출의 말에 원장과 산파가 돌아갔다.

그날 밤 꿈에서였다.

꿈속에서도 잠을 자고 있었다.

그런데 죽은 동생 차임이 나타나 낮은 목소리로 말했다.

"언니, 빨리 일어나! 파마하러 가게."

정임은 일어나 동생 차임을 따라갔다.

가다 보니 눈 앞이 망망한 대해였다.

걸음을 세웠다.

그러자 차임이 돌아보면서 말했다.

"파마를 할라믄 머리를 깎아야 하니까……."

그리고 긴 머리카락을 수로에 담구고 있을 때였다.

어디서 난데없는 굵은 콩이 쏟아져 수로를 가득 메웠다.

그러자 큰 붕어 한 마리가 수로가 막혀 헤엄을 치지 못하고 펄떡거렸다.

그것을 본 정임은 뛰어들어가 수로를 터 주었다.

그러자 붕어가 꼬리를 흔들면서 놀았다.

그때야 정임은 그 수로에 담긴 콩이 아깝다는 생각에 차임을 돌아보면서 말했다.

"아까운데 어디다 주워 담지?"

"걱정할 것 없어, 저 아래를 봐! 내가 언니 이름으로 팻말을 써서 꽂아 놨거든, 그러니까 걱정하지 말고 파마나 하러 가세."

그리고 차임은 어서 따라 오라는 듯이 앞서 걸었다.

그때였다.

바다 한가운데에서 둥근 보름달이 떠올라 오더니 눈 깜짝할 사이에 정임의 품속으로 뛰어 들어오면서 갑자기 세상이 캄캄해졌다.

정신을 차리려고 눈을 부비고 주위를 살폈을 때였다.

어디서 나타났는지 수백 명이 넘는 나환자들이 창대를 들고 정임을 향해 몰려오고 있었다.

마음이 급해졌지만 몸이 말을 듣지 않았다.

그것을 본 차임이 재촉하듯이 말했다.

"언니, 웬 걸음이 그리 더딘가? 빨리 오소."

그리고 차임의 모습은 보이지 않았다.

정임은 그 아우를 찾아 두리번거리다가 눈을 떴다.

그 순간 심한 해산의 진통이 오고 있었다.

산파가 달려오고 그날 밤 8시, 태아는 만고의 울음을 터뜨리며 세상 밖으로 나왔다.

무게가 4.3kg이나 되는 건강한 아들이었다.

태몽이 용(龍)이 방으로 들어왔다고 해서 이름을 '곽용'이라고 지었다.

산고를 일주일이나 겪으면서 어두웠던 집안분위기는 비로소 떡두꺼비 같은 아들 출산으로 밝아졌다.

그러나 정임은 산후조리조차 제대로 할 수가 없었다.

많은 식구에 일주일이나 밀린 빨래가 산더미처럼 밀려 있었기 때문이다.

출산한 다음날이었다.

그날 따라 비가 오고 있었다.

정임은 그 빨랫감을 내다가 흐르는 냇물에 깨끗이 헹구어 빨아 들고 들어왔다.

그러나 정임은 출산 후 무리한 과로로 그만 병을 얻고 말았다. 모유도 먹일 수 없는 상태로 몸이 퉁퉁 부어오르면서 숨도 제대로 쉴 수가 없었다.

늑막염이라는 생각이 들면서 병원을 찾아갔다.

진단 결과 치료가 불가능하다는 청천벽력 같은 의사의 말이었다.

어쩔 수 없이 다시 친정에 알리는 수밖에 없었다.

위급하다는 전보를 받고 친정어머니가 약을 지어 들고 달려왔고, 시댁에서 큰동서도 달려왔다.

친정어머니와 큰동서는 바쁘게 약을 달이고, 미역국도 끓여와 먹기를 권했지만 도저히 목 안으로 넘길 수가 없었다.

사색이 된 친정어머니와 큰동서는 다급했던지 삼신할머니에게 빌어야 한다면서 부엌에서 물을 떠 놓고 두 손을 모아 빌어대기도 했다.

그렇게 소란을 피우고 겨우 약을 받아 마신 한 시간 쯤 후였다.

밑으로 걷잡을 수 없는 물이 쏟아져 나왔다.

그렇게 물을 쏟으면서 하마처럼 부어있던 부기도 점점 가라앉았다.

위급했던 산모가 정상으로 돌아오자 식구 모두의 얼굴이 밝아지면서 그렇게 말썽을 피우던 상수가 웃으면서 말했다.

"보래이, 엄마가 하마처럼 부었다가 쪼만해졌데이."

그 말 꼬리를 붙들고 어머니가 말했다.

"장군을 낳느라고 여러 고을이 시끄러웠구나."

"사부인예, 우리 동시는 하늘이 내려준 선녀라 아무 탈 없을 것을 믿었지예. 여니 사람 같았으모 나 못 살겠다고 볼시 보따리 싸고 떠났을끼라요. 넘같이 넉넉하지도 못한 살림에 자식들은 많지 누가 와서 살겠는기요."

옆에 있던 큰동서가 정임을 추켜세우면서 하는 말이었다.

그러자 친정어머니가 말했다.

"내 딸이라고 해서가 아니라 어려서부터 도량이 넓고 인정도 많았지요. 그런 것이 시대를 잘못 만나가지고…. 즈그 아부지가 징용에 끌려 나가 그 모양만 안 됐어도 이 모양이 안 됐을 것인디, 팔자가 기구해질라니까…. 그래도 산다는 것이 뭣인지 이 지경이 되도록 지 몸은 생각도 않고, 그것도 다 지 팔잔 걸 어쩌겠어요. 위급하다는 전보를 받고 딸 하나 또 보내는갑다 했는디 살아 준 것만 해도 고맙구만요."

어머니는 정임이 원상회복을 한 것만으로도 다행이라는 말이었다.

그렇게 정임은 어머니가 지어가지고 온 약탕제를 먹고 다시 몸을 회복했고, 그 며칠 후 어머니는 집으로 돌아가실 차비를 하고 나섰다.

　그런 어머니에게 정임은 염치없는 부탁을 했다.

　"어무니, 저 성애를 얼마동안만 좀 맡아 주시면 안 되겠어요?"

　"…… 애기가 엄마 떨어질라고 허겄냐?"

　"그래도…. 내가 이 집 구석에 들어온 이유가 뭔데, 딸 하나 잘 보살펴 주겠다는 조건으로 죽을 둥 살 둥 일해 왔는데 이 집 호적에 우리 성애 이름 하나 못 올려 주겠다니…. 다 내가 못난 탓이지 뭐."

　마침내 어머니는 정임의 안타까운 부탁에 성애를 데리고 기차에 몸을 싣고 부산역을 떠나면서 말했다.

　"너 몸도 챙겨 가면서 살어. 멍청하게 세상 살지 말고……."

　그것이 딸의 앞날을 생각하는 어머니의 당부의 말이었다.

　하지만 정임은 그 말의 아픔보다도 떠나보내는 딸 성애의 슬픈 눈망울이 더욱 가슴을 슬프게 했다.

　그렇게 산후 조리를 하지 못해 한 바탕 소란을 피우고 난 그 2개월 후였다.

　서울의 큰 아들 성수로부터 아르바이트를 했지만 등록금이 조금 모자라다는 내용의 편지를 받았다.

　돈을 마련하기 위해 집 바깥채에 붙어있는 작은 방을 세를 놓았다. 그 돈을 저녁에 받아 미싱 서랍에 넣어 두었었다.

　다음날 아침 삼출은 출근을 하면서 그 돈을 정임에게 부치라고 하고 나갔다.

우체국 문이 9시 반이 되어서야 열리기 때문이었다.

삼출이 출근을 하고 정임은 우선 식구들 벗어 놓은 옷 빨래를 해 놓고 집안 청소를 대충해 끝내 놓고 우체국을 가려고 했었다.

그때쯤 상수가 학교에서 돌아왔다.

돈을 부치러 나가기 위해 방으로 들어가 서랍을 열었을 때였다. 그런데 그 자리에 있어야 할 돈이 보이지 않았다.

퍼뜩 상수의 손을 탄 것이라는 생각이 들었다.

상수가 보이지 않았다.

마음이 다급해진 정임은 상수의 뒤를 쫓아나갔지만 찾을 길이 없었다.

갈 만한 곳을 허둥대며 찾아다니다가 집으로 들어오는 정임을 보고 영문도 모르는 영수, 철수 형제가 뜨막하게 물었다.

"엄마, 왜 그래? 애가 울고 야단났어."

억장이 무너져 아이 우유 먹이는 시간도 잊고 헤맨 것이었다.

"영수야! 철수야! 큰일 났다. 틀림없이 말썽꾸러기 상수가 큰 형한테 부칠 돈을 들고 나간 거야. 아빠 들어오시면 뭐라고 하지?"

"… 엄마, 걱정 마세요. 아부지 오면 상수 형이 돈 가지고 도망갔다고 할께요."

"당장 형 등록금이 걱정이 돼서 그렇지."

그날 저녁이었다.

퇴근을 하고 들어온 삼출은 대뜸 그것부터 물었다.

"송금은 했소?"

정임은 대답이 궁해지면서 시큰둥하게 말했다.

"저녁이나 자시고 물어 보시요."

그러자 옆에 있던 영수가 불쑥 끼어들었다.

"큰 형한테 부칠 돈 상수가 가지고 도망갔대요."

"뭐야?!"

그리고 삼출은 잠시 눈을 멀뚱거리다가 참으로 어처구니없는 말을 불쑥 내뱉고 돌아섰다.

"어떤 것이 흑이고 백인지 맞대봐야 알지, 큉! 전라도 내기라 언젠가는 이런 일이 일어날 줄 알았제."

하늘이 빙그르 도는 것만 같았다.

전라도 내기라 그럴 줄 알았다니, 그의 심층 밑바닥에서부터 어쩌면 정임이 꾸며낸 일인지도 모른다는 말이 그렇게 튀어져 나온 것이 분명했다.

배신의 분노가 한꺼번에 밀려오면서 몸이 떨려 왔다.

말문이 막힌 채 도무지 몸을 가눌 수가 없었다.

그때 태수가 들어왔다.

몸을 가누지 못하는 것을 본 태수가 달려와 몸을 부축해 주면서 말했다.

"엄마, 또 아파요?"

그러나 아무 말도 할 수 없는 정임이었다.

저녁상도 차릴 수 없는 채 그대로 방으로 들어가 눕고 말았다.

몸은 그대로 떨려 오면서 온몸에 피가 통하지 않는지 얼음처럼

차가워져 오더니 밤 12시경부터는 머리가 뻐개질 듯이 아파오면
서 도저히 견딜 수가 없었다.

뜬 눈으로 밤을 밝혔다.

그런 다음날 아침이었다.

삼출은 다시 집을 나갈 모양으로 가방을 챙겨들고 나오면서 말
했다.

"나는 모르겠으니 잘 해봐!"

말문은 막히고 긴 한숨만 거푸 내쉬고 있을 때였다.

영수가 들어와서 갑자기 소리를 지르면서 말했다.

"엄마 눈이 왜 그래? 거울 좀 보래이."

그 말을 하고 영수는 얼른 거울을 갖다가 눈 앞에 대주었다.

눈이 붉게 핏발이 선 채 빨갛게 충혈되어 터질 것만 같았다.

그러나 그 아픔보다는 가슴 속에 화살촉처럼 날아와 박힌 그 낱
말들 때문에 피를 토할 것만 같았다.

미쳐 버릴 것만 같았다.

그 아픔을 잊기 위해서 자리에서 벌떡 일어났다.

그리고 미친 듯이 일을 하기 시작했다.

세탁을 해서 빨랫줄에 널어놓고 청소를 하고 있을 때였다.

눈에서 뜨거운 것이 흘러 내렸다.

충혈된 눈이 터진 피였다.

너무나 억울하고 원통해서 주저앉아 두 발을 뻗고 울고 있을 때
였다.

태수가 점심을 먹으로 들어왔다가 그 광경을 보고 눈이 휘둥그레지면서 말했다.

"빨리 병원에 가지 않고 그러고 있으모 우짤끼요?"

"눈 앞이 보여야 가지……."

그러자 태수가 뛰어가 구세병원 의사를 모시고 들어왔다.

의사가 급히 지혈제 주사부터 놓으면서 말했다.

"혈압이 눈으로 터졌게 망정이지 머리로 터졌으면 큰 일 날 뻔했습니다."

"차라리 죽었으믄 좋았을 걸……."

그러나 무슨 미련이 남았는지 죽지도 못한 목숨은 보름 동안 치료를 받았는데도 완치가 되질 않았다.

그러더니 이윽고 밑으로 하혈까지 하기 시작했다.

친정집으로 급히 전보를 쳤다.

피를 멎게 하는 약이 보내져 왔다.

그 약을 달여 먹고 피는 멎었다.

그러나 눈자위에 진물이 나서 눈을 뜰 수가 없었다.

그 사이 삼출은 다시 집으로 돌아왔다.

정임은 무심하고 독한 사람이라는 생각에 눈도 마주치고 싶지 않았다.

그 마누라가 진 빚 때문에 다투고 열흘을 굶어 죽었다는 그 심정이 충분히 이해가 갔다.

정임은 얼굴을 마주하고 싶지 않아 집안일을 찾아 몸놀림을 했지만 그 상태로는 도저히 견딜 수가 없었다.

그래서 우체국으로 달려가 몸의 상태를 서신으로 친정에 알렸다.

친정에서 답신이 왔다.

그대로 두면 병신이 되든지 죽는다는 것이었다.

하지만 정임은 얼른 떨치고 나서질 못했다.

죽을 때 죽더라도 도둑 누명은 벗어야 눈을 감을 수가 있다는 생각 때문이었다.

그런 몸으로 집 나간 상수가 들어오기만을 기다리고 있을 때였다.

뜻밖에도 순경 한 사람이 찾아와서 물었다.

"여기가 곽상수씨 집이 맞습니까?"

"그런데 왜 찾으시죠?"

"다름이 아니라 제주도 경찰서에서 조회가 넘어왔는데 아들이 가출했나요?"

"네, 큰 형 등록금 부칠 돈을 가지고 가출했지요."

"그렇군요, 잘 알았습니다. 타일러서 돌려 보내겠습니다."

순경은 알 듯 모를 듯한 말을 뒤로 남기고 사라졌다.

밖에서 사고를 친 것이라고 생각하면서 들어오기만을 기다렸다.

그리고 며칠 후 그 순경이 상수를 데리고 들어와서 말했다.

"전과가 없어서 돌려보내 주는 것이니 그렇게 아시오."

분명히 그 어떤 사고를 친 것이 분명했다.

상수가 돌아오면서 그처럼 억울했던 도둑때는 벗은 셈이었다.

삼출 앞에서 당당해진 정임이었다.

퇴근하고 들어온 삼출에게 말했다.

"이제 도둑때도 벗었으니 친정으로 가야겠어요. 그나저나 성수가 기다릴 텐데 등록금은 어쩔 거예요?"

"걱정 말고 치료나 잘 하고 오시오. 성수도 방학 되면 내려 올 것이고 집안일은 잊어뿔고……."

그리고 전에 없이 사근거리는 낮은 목소리로 덧붙여 말했다.

"염치없는 소리지만 우리 막둥이 잘 길러 주시요…. 용아 건강하게 잘 있다가 오너라, 알았지?"

멋쩍은 표정으로 그렇게 말한 삼출은 나가서 차비를 준비해 가지고 들어와서 말했다.

"갑시다. 부산역까지 데려다 줄 테니……."

그리고 친정으로 돌아가는 정임을 기차가 떠날 때까지 그 자리에 서서 손을 흔들어 주었다.

정임은 아이를 등에 업고 영산포에서 천수당 한약방을 하고 있는 사례네 집을 찾아 들어갔다.

상처를 당한 나이 많은 홀아비에게 시집을 간 동생, 그 제부가 먼저 나와 반겨 주었다.

"고생이 많으시다고 들었습니다. 어서 들어갑시다."

그 말만 들어도 병이 다 나은 것만 같았다.

사례는 그 당시 첫 아들을 낳아 잃어버리고 밑으로 딸만 둘을 낳았다.

그래서인지 제부는 정임의 아들 용이를 부러운 눈으로 쳐다보면서 말했다.

"장군깜이군요. 며칠날 태어났습니까?"

"오월 이일 술시에 태어났지요."

"허허……. 두고 보십시오. 그 놈이 식복을 많이 타고 났군요. 노후에 처형님 의지가 되시겠습니다. 잘 기르십시오."

그렇게 아이를 다독이며 위로를 해준 제부는 밤이 늦었는데도 손수 약을 달여 들고 들어왔다.

그처럼 자상한 제부의 인정은 찾아온 환자 누구에게나 그렇게 대했던 것으로 영산포의 한약방 중에서는 호평을 받아 한(韓)씨 한약방으로 소문이 나 있었다.

그런 제부는 아버지 없는 친정을 돌봐주면서 그 즈음 제대를 하고 나온 남동생 호인에게 그 한방의술을 가르쳐 주고 있었다.

그런 인정은 매일같이 오리에 지네를 넣어 한약과 혼합해서 몸보신을 시켜 주었다.

그렇게 몸보신을 하면서 2개월쯤 되었을 때였다.

말라 붙었던 젖줄이 돌면서 젖이 나오기 시작했다.

그만큼 정임의 건강은 회복되고 있었고, 그러는 동안 용이 백일이 얼마 남지 않았다.

정임은 아들 용이를 데리고 부산으로 돌아가야 한다고 생각했다.

식구들과 백일 밥상을 먹어야 한다는 생각 때문이었다.

그러나 나온 길에 엄마를 기다리고 있을 성애 얼굴이라도 한 번 보고 가야겠다는 생각으로 친정으로 향했다.

성애는 외할머니 밑에서 건강하게 자라주고 있었다. 성애는 엄마가 데리러 온 것으로 알고 더 없이 좋아했다. 하지만 기구한 운명 탓에 두고 갈 수밖에 없는 처지를 한탄하면서 며칠 후 다시 걸음을 돌려 세워야 하는 눈가에는 이슬이 맺혔다.

두 남동생들이 어머니가 준비해 주신 낭창한 짐 보따리를 영산포 기차에 실어 올려주면서 말했다.

"누나, 몸이 아프면 참지 말고 얼른 와야 해. 우리도 이제 다 컸으니까 집 걱정은 하지 말고, 알았지? 누나."

"그래, 누나가 면목이 없구나, 여러 가지로…. 우리 성애 잘 좀 부탁한다."

그 말을 뒤로 하고 부산행 밤기차에 몸을 실었다.

멀리까지 엄마를 부르는 딸 성애의 목소리가 들리는 것만 같아 정임은 돌아보고 또 돌아보면서 부산역에 도착했을 때는 아침이었다.

택시를 타고 집으로 들어갔을 때였다.

삼출은 어디 갔는지 보이지 않았고 태수가 부엌에서 아침식사 준비를 하고 있었다.

눈이 마주치자 깜짝 반가워하며 뛰어 나오면서 말했다.

"엄니 아닌기요? 엇다, 요놈아 보래요, 많이 컸네."

"그래, 잘 있었니? 아부지는?"

그때였다.

밖에서 들어오던 삼출이 정임을 보더니 깜짝 반가운 표정으로 말했다.

"몸은 이제 좋아졌소?"

그리고 등에 업은 아이를 얼른 받아 안고 방으로 들어가면서 말했다.

"이제 젖은 먹나? 통통하게 살이 쪘데이."

자식 욕심이 남 다르게 많은 사람이었지만, 무뚝뚝한 경상도 사람이라서 그런지 그렇게 밖에 표현할 줄 몰랐다.

친정 동생 내외 덕분으로 다시 건강을 되찾은 정임은 돌아와 다시 그 생활 속에서 분주하게 바빠졌다.

9월이 되면서 죽은 성수 어머니 제삿날이 돌아왔다.

그날 본 처갓집 식구들이 스님을 모시고 와서 고인의 영혼을 달래주는 의식으로 제사를 마쳤다.

그런 보름 후였다.

삼출이 본처의 사촌 결혼식에 갔다가 밤늦게 집으로 돌아왔을 때였다.

부엌에서 연탄을 갈아 넣으려고 들어갔던 정임은 거꾸로 서 있는 연탄집게에 그만 왼쪽 발등을 찍히고 말았다.

그런데 금방 통통 부어오르기 시작하더니 걸음을 걷기가 불편해졌다.

그러나 대수롭지 않게 여기고 찬물 찜질을 해두고 자고 난 다음 날 아침이었다.

발목까지 부어오른 부기에 밤알만큼이나 큰 멍울이 손에 잡혔다.

병원으로 달려갔다.

그런데 의사의 말은 천만 뜻밖이었다.

"이대로 이삼일 더 두면 무릎까지 절단해야 될 것 같습니다. 빨리 결정을 하시지요."

겨우 연탄집게로 발등을 찍혔을 뿐인데 발목을 잘라야 한다니, 의사의 말이 도무지 믿어지지가 않았다.

'병신 될 팔자가 아닌데….'

정임은 쉽게 결단을 내리지 않고 간단한 주사 치료만 받고 집으로 돌아오다가 우체국에 들러 친정 동생에게 어떤 치료방법이 없겠는가 하고 그 정황을 알렸다.

동생으로부터 답장이 왔다.

중국 상해로 약재를 부탁했다는 것과 절단을 해서는 절대 안 된다면서 조금만 참고 기다리라는 내용이었다.

그 약재를 기다리는 동안 부어 오른 발은 한 발자국도 움직일 수 없게 되었고, 점점 온몸이 부어오르기 시작하면서 드디어 얼굴까지 퉁퉁 부어올랐다.

그러더니 얼굴 몰골이 마치 문둥병 나환자처럼 변해 갔다.

소식을 듣고 찾아와 들여다본 친척들이 집안일을 교대로 돌봐주
면서 밖에 나가 자기네들끼리 수군거리는 소리가 들렸다.

"혹시 문둥병 아녀? 얼굴이 저로크럼 될 수가 없잖여? 이 사실을
관에서 알믄 문둥병 환자라고 데려가겠는디 어쩌지?"

"글씨, 무슨 부정을 타고 들어왔는가 용하다는 무당한테 가서 한
번 물어 보까. 저럴 수가 없잖여? 일단은 격리시키고 보세."

정임은 작은 방으로 격리된 채 어쩌다가 식구들이 들어밀어 주
는 밥만 받아먹고 있는 신세가 되고 말았다.

어쩌면 문둥병일지도 모른다는 식구들의 주고 받는 눈빛은 그대
로 죽음을 준비하라는 듯했다.

기가 딱 막혔다.

그런데 더 기가 막혀 오는 것은 그 얼마 후였다.

시집 동서가 시무룩한 얼굴을 하고 들어와서 말했다.

"무당이 그러는디 옥이 청동에 꽉 박혀서 옴싹 달싹도 못하니 시
동생 보고 빨리 도끼로 발목을 찍어 고운 방석에 앉혀 놓으면 다시
는 이런 일이 없을 것이라고 하니 무슨 말인지 통 알아들을 수가
없지 뭔가. 당장 이 일을 어쩐 쓰까 잉. 식구는 많고……."

동서의 말은 많은 생각을 하게 하면서 정임이 역시 그때쯤은 그
어떤 신의 장난처럼 느껴져 오기도 하면서 말했다.

"그래, 내 팔자 기구한 것이 남정네 수발하고 살 팔자가 아닌갑
소. 그러니 성수 아버지하고도 상의해 보겠지만 어쩔 수 없이 사람
을 구해 봐야 할 것 같네요. 형님이 어디 시골 착한 아낙 있는가 수

소문해 봐 주시오. 나는 앞으로 여자구실 하고 살기는 글렀는갑소.
이제 아이들도 그런대로 머리가 컸고 하니 어떤 여자가 들어오드
래도 살기가 좀 편하지 않겠어요?"

"듣기 민망허이, 그래도 그렇지……."

"아뇨, 조금도 민망할 것 없어요. 형님이 서둘러서 국제시장 아
매동 아주버님 댁으로 부탁을 좀 해봐 주세요. 건강한 사람이면 되
지 않겠소."

"글쎄…. 참말로 깜깜하네, 많은 식구에 일은 많고……."

그러나 그 시집 식구들이 그 후 정임의 의사에 따라 주게 된 것
은 병원으로부터 B형 간염 바이러스에 전염되었다는 진단을 받고
나서였다.

그것이 정임의 기구한 팔자로 운명이라면, 그대로 순응하겠다는
생각은 자리 매김할 여자를 들여놓고 아무 미련 없이 떠나야 한다
고 결정을 내렸다.

그리고 며칠이 지났을 때였다.

친정에서 중국에 부탁했다는 한방치료약이 도착했다.

그 약재는 '물소 뿔'이었다.

그 약재 탕을 끓여 먹고 이삼일이 지나자 마침내 부기가 가라앉
으면서 발등을 비롯해서 흉측하게 뭉쳐 있던 멍울들이 풀리기 시
작했다.

조금씩 일어나 걸을 수가 있게 되었다.

그러던 어느 날이었다.

시집 식구들이 나서서 물색 중이던 대리모 여자 소식을 들고 들어왔다.

동양고무공장 구내식당에서 일하는 아주머니라고 했다.

건강하고 부지런한 여자라고 귀띔을 했다.

그래서 한 번 만나보자고 청했다.

며칠 후 동서가 그 여자를 데리고 들어왔다. 서로 친구처럼 대하자고 서로 인사를 나누고 살아온 과거사를 주고 받았다.

그 여자 역시 기구한 운명이었다.

딸 다섯에 아들 하나를 둔 남편은 노름과 주색에 빠져 어쩔 수 없이 광주리를 이고 자갈치 시장 뒷골목에서 장사를 하며 육남매를 키워 왔다고 했다.

살림은 큰 딸아이가 맡아 하고 있다면서 그 동안 살아온 이야기를 늘어놓았다.

"정신 못 차린 남편 만난 것도 내 팔자려니 하고 장사하다가 식당을 들어갔지요. 그런데 월급 받아 보낸 돈이 떨어지면 애들을 들여보내지 뭡니까. 그래서 몇 번이나 안 살라고 하면 다시는 안 그런다고 해놓고도 뒤돌아서면 도로 그 모양이고…. 할 수 없이 아무도 몰래 부산으로 와서 공장 식당에서 일하고 있지요. 하지만 이제 남의 집살이 몸서리도 나고……."

듣고 보니 그 심정이 이해가 될 만했다.

"개꼬리는 땅에 삼년을 묻었다가 캐내도 여전히 개꼬리 그대로랍디다. 지 버릇 개 주겠어요? 여자 팔자 뒤웅박 팔자라고 하데요.

더 늙기 전에 잘 생각하세요. 나야 몸도 좋지 않고 이제 여자 구실
도 못하게 생겼으니 어쩔 수 없지만요."

"어쩌시려고요?"

"이렇게 병든 몸으로 떠나는 사람이 언제 또 오겠어요? 기약할
수도 없지요. 아이들을 봐서라도 짐이 되고 싶지 않아서 그런답니
다."

"…… 그렇다면 언제 본인 있는 자리에서 이야기하기로 하지
요."

그 이야기를 저녁에 들어온 삼출에게 건네면서 말했다.

"어쩌겠어요, 내 몸이 이러니 이대로 짐이 될 수는 없잖아요. 그
래서 형님한테 부탁했더니 한 번 보라고 데려 왔는데 그만하면 건
강도 좋고 심성도 괜찮은 여자로 보입디다."

"나야 당신이 좋다면 됐지, 이 형편에 쌀밥 보리밥 가릴 처지요."

생각이 그렇다면 믿고 따라주겠다는 반승낙이었다.

그렇게 해서 새 사람을 구해 넣어주고 집을 떠나던 전날 밤이었
다.

정임은 아이들을 앞혀 놓고 말했다.

"미안하다, 너희들한테…. 끝까지 너희들 돌봐주면서 살려고 했
는데 몸이 따라주질 못하니 어쩌겠니. 부탁하고 싶은 말은 이 엄마
가 죽드라도 용이는 너희 핏줄로 동생이니까 잘 부탁한다."

그리고 삼출을 보고 말했다.

"안 죽고 살면 종종 서신 연락이나 하고 삽시다. 옷깃만 스쳐도

전생에 인연이라는데 수많은 사람 중에 부부로 아이까지 얻은 몸, 참고 견디면서 끝까지 동반자가 되고 싶었지만 그것도 내 욕심이 었든가 내 몸이 이러고 보니…. 아무쪼록 건강하게 살아서 연락이 나 주고 받읍시다."

그리고 다음날 아침, 정임은 아들 용을 업고 집을 나섰다.

부산역까지 배웅을 나와 짐을 기차에 올려 실어주는 삼출의 두 눈에 눈물이 고인 채 글썽했다.

그리고 기차가 기적 소리를 울리며 떠나자 손등으로 눈물을 훔 치면서 언제까지 그 자리에 서서 손을 흔들어 주고 있었다.

거역할 수 없는 운명의 길

상처 투성이의 가슴을 안고 떠나는 정임의 마음은 어둡기만 했다.

그러나 아직 삶이 무엇인지 모르는 채 품안에서 곤히 잠들어 있는 용이를 내려다보며 정임은 강하게 살아야 한다고 다짐하면서 입술을 깨물었다.

그러나 아이까지 딸린 몸, 당장 찾아가 의탁할 곳이라곤 그래도 약방을 하는 친정 동생 사례 밖에 없는 것 같았다.

제부 한서방에게는 거듭 미안한 일이었지만 어쩔 수가 없었다.

그곳에서 당분간 몸을 치료하고 난 다음 삶의 길을 모색해 보기로 마음을 정하고 들어섰다.

사람 좋은 한 서방이 여전히 반갑게 맞아주었다.

"어째 그런 일이 있어 가지고, 그래도 이만하기 천만 다행입니다.”

“번번이 미안해서 어쩌지요? 또 신세를 지게 돼서….”

손아래 제부이지만 나이가 많은 만큼 존대를 해야 했다.

“살다 보면 그럴 수도 있는 거죠, 뭐. 너무 상심 마시고 사는 데까지 같이 살아 봅시다. 허허허….”

그 동생 내외는 집 나온 정임을 마치 친정처럼 편하게 머무를 수 있게 해주었다.

이미 용하다고 소문이 자자하게 나있던 동생 사례네 한약방은 일하는 사람이 여럿인데도 불구하고 일손이 많이 딸렸다.

그런 형편이었던 만큼 동생 내외는 그곳에 머물면서 약방 일을 도와주면서 그 일을 배우지 않겠느냐고 제의해 왔다.

그래서 정임은 그곳에 안주해 머물면서 처음에는 한약재를 써는 일에서부터 환자들이 침을 맞고 돌아간 뒷일을 도맡아 처리해 주면서 현대 의술과는 또 다른 한방치료법을 정식으로 배우기 시작했다.

그러니까 독선생을 두고 치료법을 배우면서 월급을 받는 보조 간호원이 된 셈이었다.

그렇게 1년이 지나면서 손님은 그 전보다 더 늘어났고, 그 약방 수입으로 동생 내외는 큰 집을 두 채나 사들였고, 1정보가 넘는 논밭도 사들이게 되면서 정임이 매월 받는 월급도 만만치 않았다. 주머니에 돈이 모아지기 시작했다.

그러던 어느 날 그 한약방과 멀지 않은 곳에 집이 한 채 나왔다는 말을 듣게 되었다.

　귀가 번쩍했다.

　정임은 언제까지 동생 집에 얹혀 월급 생활을 할 수만은 없다는
생각에 호인과 상의했다.

　"그 집 옆으로 광주여객이 들어온다는데 그 집을 사면 어떻겠
니? 돈이 반 정도 모자라니까 권리증은 네 앞으로 하고 사면 안 되
겠니? 내 생각은 그렇거든. 차가 열대가 넘어 들어온다니까 기사들
하고 차장들 숙소로 여인숙을 차리면 될 것 같거든, 주차장 대합실
소장하고도 사귀어 두었으니까…."

　"그것도 생각해 볼 만하네요, 동생 내외랑 상의해 볼께요."

　"그렇게 해줄래, 마음이 바빠서 말이야. 성애는 엄니가 맡아 주
고 있지만, 수복이는 이제 연세도 많으신 외할머니한테 있고…. 내
가 뿌린 씨앗을 거둬야 하지 않겠냐? 언제까지 뿔뿔이 놔둘 수가
없으니 말이야."

　그렇게 급해진 마음을 내보이면서 꺼낸 정임의 제안은 식구들의
동의를 얻어 집을 사들이고 영업을 하기 시작했다. 광주여객 본사
에서 숙소로 정한다는 확답을 얻어냈기 때문이다.

　크게 수입은 없었지만 지내기에는 괜찮았다.

　1개월 총결산은 그런 대로 허리끈을 졸라매면 살아나가는 데 돈
도 모아지면서 형편이 좋아질 것 같았다.

　오래간만에 사는 보람을 느끼는 정임의 가슴은 뿔뿔이 흩어진
세 아이들을 한데 모아 살 수 있다는 내일의 희망으로 부풀어 있었

다.

그러나 그것은 정임과 함께 하는 운명의 신이 결코 허락하지 않
는 외도(外道)였었는지 어느 날 검은 그림자가 손짓을 하며 다시
다가왔다.

시장을 나갔다가 어린 시절 고향에서 소꿉장난을 하며 함께 놀
았던 친구 영임을 만나게 되었다.

너무나 반가웠다.

오래간만에 만나게 된 서로는 살아온 이야기를 주고 받으면서
자주 왕래를 갖게 되었다.

팔자가 좋아 신랑을 잘 만난 영임은 갖출 것 다 갖추어 놓고 남
부럽지 않게 잘 살고 있었다.

그래서인지 그럴 듯한 주위 사람들과 관계를 갖고 계를 부어 돈
을 불리고 있다고 자랑을 했다.

그래서 정임은 새로 시작한다는 백만 원짜리 계에 7번, 12번, 18
번으로 동생들까지 세 몫을 넣기로 했다.

계주가 틀림없이 믿을 만한 사람이라고 했었기 때문이다.

7번째 계를 타서 백만 원을 손에 쥔 정임은 꿈에 부풀어 있었다.

12번째 계도 무난히 타게 되면서 그 돈을 계주에게 이자로 불려
달라고 맡겼다.

그리고 18번째로 타는 계가 3번 남아 있을 때였다.

친구 영임이 사색이 된 채 찾아와 말했다.

"어쩌믄 좋으냐 정임아. 계주가 니 돈 내 돈 할 것 없이 가지고

행방이 묘연하니…. 갑자기 남편이 하는 회사가 부도가 났다더니….”

억장이 무너지면서 눈 앞이 캄캄했다.

누나를 믿고 들어준 동생들에게 무슨 말을 어떻게 해야 할지 대안이 서질 않았다.

그 충격에 잇따라 영업도 부진해졌다.

다른 어떤 대책을 세워야 한다고 생각했다.

그때 약방에 있던 호인은 제주도로 개인 사업차 집을 정리해서 떠나고 정임은 얼마간 남은 돈과 동생이 남편 모르게 내준 얼마의 돈을 들고 친정으로 들어왔다.

그리고 친정집을 늘려 하숙생을 치기로 하고 공사를 했다.

방 세 칸을 본채에 붙여 늘렸다.

그렇게 시작해서 모은 하숙생이 나주고등학교 교사 3명과 순경이 4명이었다.

식구들의 식생활은 그런대로 해결할 수 있었다.

그렇게 하숙을 치는 생활이 2년이 되었을 때쯤 제주도로 떠났던 호인이 개인 사업을 접고 돌아와 다시 영산포 한약방에서 일을 도왔다.

그러던 어느 날 영산포 아우 사례가 찾아와서 말했다.

“언니야, 우리 옆집에 세들어 있는 그 중국집 말이야, 기한이 다 됐다나봐. 내 생각은 언니가 하숙을 치는 것보다 그 중국집을 해보는 게 어떨까 싶은데, 언니 생각은 어때?”

귀가 솔깃해졌다.

하숙생을 쳐 보았자 식구들 식생활만 해결할 뿐 큰 승산은 기대할 수가 없었기 때문이다.

남동생을 비롯해서 식구들이 모여 타협을 했다.

의견이 중국집을 시작해 보자는 데 일치를 보고 준비를 서둘렀다.

백만 원 보증금에 월세가 팔만 원이었다.

중국집을 개업하고 보니 장사는 식생활을 해결해 줄 뿐만 아니라 월세를 내고도 조금씩 모아졌다.

그렇게 6, 7개월 영업을 하고 있을 때였다.

요리사가 신병 핑계를 대고 말썽을 부리기 시작했다.

어쩔 수 없이 친정어머니가 부엌일을 도와주기로 하고 가족이 합쳐지면서 그때 아홉 살이 된 성애는 더없이 좋아했다.

친정어머니의 도움으로 경험도 없는 중국집 운영을 그런대로 무난히 해나갈 수 있게 되었다.

조금은 정신적으로 여유를 갖게 되면서 부산 소식도 듣게 되었다.

그 동안 큰 아들 성수는 서라벌예술대학을 졸업하고 국제시장에서 청초미술학원을 운영한다는 것이었고, 둘째 태수는 월남전에 참전했다가 돌아왔다고 했다.

그리고 삼출은 그 후에도 마누라가 거듭 두 번씩이나 바뀌는 어려움을 겪었다는 소식이었지만, 그러나 이제 그 아이들이 그런대로 잘 자라주었다는 소식에 잊어버릴 수가 있었다.

세상은 어쩌면 그렇게도 가슴 아픈 사연들을 안고 살아가는 사람들이 많은가 싶어졌다.

정임은 주어진 오늘에 열심히 사는 것이 인생의 삶이라고 생각하면서 주어진 여건에 충실하려고 노력했다.

그러던 어느 날 단골손님 한 분이 그 장소를 활용해서 돈을 벌수 있다는 사업 안을 귀띔해 주었다.

"이왕 시작한 장사 장소도 넓고 하니 아가씨 너댓명 들여 놓고 낮에는 중화요리, 밤에는 화식 안주에 술을 팔면 수입을 짭짤하게 올리고 재미를 보실 텐데요."

두고 생각해 볼 만했다.

그래서 식구들과 의논하고 며칠 후 일수 백만 원을 얻었다.

그 돈을 들고 광주로 목포로 다니면서 아가씨 4명을 선금을 주고 데려와 밤에는 술집 영업을 시작했다.

그때 정임의 나이 40세였다.

처음에는 그런대로 괜찮은 것 같았다.

그러나 올리는 매상 수입보다는 외상 술값만 점점 늘어갔다. 경험도 없는 술장사는 마침내 일수 돈도 찍지 못할 정도로 외상장부만 쌓여갔다.

갈수록 물품 구입 외상값은 독촉해 오고 월세까지 미뤄야 하는 형편은 식구 모두를 피곤하게 했고 마침내 두 손을 들고 식당을 폐업하기에 이르렀다.

개업을 하고 3년 만이었다.

동생 사례가 사뭇 걱정스러운 표정으로 정임의 안색을 살피면서
물었다.

"문을 닫으면 이제 어쩌려고?"

"지금까지도 살아왔는데 수업료 바친 셈치고 털고 다른 것을 찾
아봐야지 않겠냐? 빚만 더 늘어날 것 같은데."

"그래도 어떻게 버텨 보지……."

그 말을 하고 동생 사례는 눈에 눈물이 글썽해졌다.

그러나 그대로 동생 사례 옆에서 장사하다 보면 감당할 수 없는
빚 독촉에 동생 남편 얼굴 보기도 민망스럽고, 또 거기에 피해를
주면서 더는 빌붙어 살고 싶은 생각도 없었다.

그렇게 마음을 정리하고 있을 때였다.

드나들던 손님 중에 한 사람이 안 됐다는 듯이 쳐다보면서 무심
하게 말했다.

"차라리 이 장소를 활용해서 하숙이나 한 번 쳐 보시지요. 서울
에서 나주군에 전화 철로반이 사십 명이 온다는데…."

"그으래요? 그럼 그 책임자를 만나게 해 줄 수 있어요?"

"그러죠 뭐."

그는 대답만큼 시원하게 그 날로 책임자를 만나게 해 주었다.

그래서 폐업계를 낸 영업장소를 하숙집으로 바꾸었다.

잠자리와 하루 세끼 식사를 제공하고 일인당 4,500원을 받기로
했다.

재료 구입비와 경비를 제공하고도 월 구만원의 수입이 올랐다. 하지만 그 하숙생도 3개월로 공사를 마치고 철수하면서 끝이 났다.

거기에서 얻은 것은 사람의 관계와 살아야 한다는 현실에서 새로운 용기를 얻게 한 것이 전부였다.

삶에 지친 정임은 아무도 모르는 서울로 훌쩍 떠나 버리고 싶었다.

이제는 식구들 바라보기도 민망했다.

하는 것마다 실패로 돌아갔고, 옮겨 놓는 걸음마다 아픈 상처만 안고 다시 돌아와 식구들의 도움을 청해야 하는 자신의 처지에 아무렇지도 않게 바라보는 형제들의 눈빛마저도 부담스러웠다.

"꼭 서울로 가시고 싶다면 제가 사촌한테 부탁해서 적당한 일거리가 있는지 부탁해 보지요."

그 마음이 내보였던지 '누나' 라고 부르며 출입하던 단골 청년 하나가 그렇게 친절하게 말해 왔다.

"먼저 방부터 구하고 일거리를 찾아봐야 하잖겠어?"

"기다려 보세요. 우리 사촌 형이 있는데 알아봐 달라고 할 테니까요."

그리고 며칠 후였다.

그 동생이 얼굴에 웃음을 머금고 찾아와서 말했다.

"마침 사촌 형이 새로 집을 지었는데 방 하나를 세놓겠답니다. 마음이 결정되는 대로 연락만 주십시오."

"그 놈의 돈, 그 돈이 어디 가서 목말라 죽는고, 팔자치레를 못했
으면 돈복이라도 타고 나던지…."

이제는 아무도 모르는 곳으로 떠나야겠다고 마음을 정리하면서
아들 용이를 등에 업고 성애 손을 잡고 가게 문을 나섰다.

그리고 이제는 언제 돌아와 다시 볼지 모르는 영산포 다리 난간
에 서서 정임은 하염없이 흘러 내리는 눈물을 강물 위에 뿌리며 혼
자 중얼거렸다.

"이렇게도 모진 팔자, 강물에 뛰어들어 죽지도 못하고 살아야 한
다니…."

그러자 이제 열 살 난 성애는 그런 엄마의 행동거지가 이상했던
지 울먹이면서 말했다.

"엄마, 죽지 마! 우리 이모네 집에 가서 살어 응."

"미안하다. 성애야, 어쩌다가 이렇게 복도 없는 엄마한테 태어났
드냐. 흑흑…."

성애도 엄마를 따라서 홀쩍거렸다.

"그래, 죽을 먹든 밥을 먹든 우리 함께 서울로 올라가자. 살다가
정 못 살겠으면…."

정임이 걸음을 돌려 세울 때는 어느새 어둠이 깔린 저녁 밤하늘
에 초롱거리는 별빛이 내일에 희망을 걸어 보라는 듯이 어두운 밤
길을 밝혀 주고 있었다.

떠나겠다고 짐을 꾸리는 정임의 결정에 식구들은 어쩌지도 못하
고 걱정이 된다는 듯이 말했다.

"눈 감으면 코 베어 간다는 서울에서 어찌 살라고?"

"언젠가는 죽을 목숨 죽기 밖에 더 할라고…."

식구들은 모두들 할 말을 잃고 그런 정임을 떠나 보내면서 말을 잃고 있었다.

"자리잡는 대로 소식 주고…."

어머니가 역에까지 나와 짐을 실어 주면서 하는 말이었다.

두 눈에 눈물이 그렁하게 고여 더는 말을 잇지 못했다.

기차에 몸을 싣고 서울역에 도착했다.

다행히 그 동생이 동행을 해 주어 수색에 살고 있다는 그 사촌 형 집을 어려움 없이 찾아 들어갔다.

얼마간 준비해 온 돈으로 방값을 지불하고 몇 가지 생활에 필요한 살림살이를 사려고 그 동생과 함께 시장으로 나갔을 때였다.

낯선 거리, 그 속에서 살아야 한다는 두려움이 앞선 때문인지 스치는 얼굴들이 모두 경계해야 할 도둑처럼 보였다.

"이봐 동생, 내 눈에는 서울 사람들이 모두 도둑같이 보이니 어쩌지?"

"누님도 참…. 날씨가 추워서 웅크려서 그렇게 보이는 거겠죠. 모두가 도둑이라고 해도 도둑맞을 귀금속 하나 없는 누님이잖습니까. 걱정 묶어두고 열심히 사시면 됩니다. 훗, 후후……."

서울 생활 시작은 그 동생의 도움으로 그렇게 발을 딛게 되었다.

방을 세 얻어 들어간 그 사촌 형의 부인은 미장원을 경영하고 있었다.

그 아주머니가 정임의 방에 놓인 동의보감 3권과 사주를 보는 '만세력' 책을 보더니 눈이 휘둥그레졌다.

그 책들은 동생의 약방에서 한방치료법과 침술요법을 배우고 치료했던 이후, 동의보감, 만세력 등을 보면서 손에서 뗄 수가 없을 정도로 깊이 파고들곤 했었다.

그래서 머리맡에 두고 있었던 것인데 그 책을 본 아주머니는 사뭇 놀랍다는 표정으로 물어왔다.

"어머나! 애기 엄마가 사주 책도 볼 줄 아는가 보죠?"

"아, 예. 동생 내외가 한방을 하기 때문에 저도 재미로 보게 된 거지요."

"그래요? 그럼 어디 내 신수부터 좀 봐 주쇼."

그래서 책을 뒤척이며 있는 대로 말해 준 것이 그 동안 살아온 생활형편과 엇비슷하게 맞았던 모양이었다.

다음날부터는 미장원 단골손님들까지도 데리고 들어와 신수를 봐달라고 했다.

생각지도 않게 역술인 대접을 받고 있는 정임이었다.

그로부터 어쩌다가 손님들이 찾아와 몇 닢씩 치마폭에 돈을 놓아 주고 갔다.

하지만 전적으로 거기에만 의존하면서 살 수는 없었다.

한 달이 지나고 시장에 나가 세타를 짜는 가게를 기웃하며 들어갔다.

거기라면 일감을 얻을 수 있을 것 같았기 때문이다.

생각은 적중했다.

일감은 기계로 짜낸 세타에 단추를 달거나 악세사리를 붙이는 일뿐 아니라 기계로 짜낸 장갑과 양말에 상표를 붙이는 일등 여러 가지 일감이 많았다.

그 일감을 얻어와 부지런히 손놀림을 하는 정임의 가슴은 가끔씩 외할머니에게 맡겨진 딸 수복이와 두 번째 남편 승철의 사촌 누나 되는 고모에게 맡겨져 자라고 있을 명애 생각으로 마음이 어두워질 때마다 '관세음보살'을 찾곤 했다.

그렇게 어쩔 수 없이 떼어 보낼 수밖에 없었던 수복이와 명애, 그 아이들이 엄마를 찾을 생각을 할 때마다 가슴이 미어져 오는 정임이었다.

그나마 옆에서 재롱을 부리는 용이와 성애가 있어서 그래도 위안이 되고 있었다.

성애는 이제 엄마의 심부름도 곧잘 해 주는 7살이 되었다

학교를 보내야 했다.

"성애도 이제 학교를 가야지?"

"싫어, 공부 안 하고 엄마랑 용이랑 재미있게 살면 되지 뭐."

엄마하고 헤어져 살아온 그 5년이란 세월이 얼마나 외로웠으면 성애는 엄마 옆에만 붙어 있고 싶어 했다.

"그래도 사람은 배울 때 배워야 하는거, 늦어도 내년에는 학교에 가야 돼, 알았지? 엄마가 돈 많이 벌어서 우리 성애 끝까지 공부시

켜 줄 거다."

그것은 정임이 아이들에게 거는 유일한 희망이었다.

그래서 열심히 일거리를 얻어와 한 푼 두 푼 저축을 해가고 있었다.

그 세타 일거리도 겨울이 지나면서 끝이 났다.

무슨 일이든지 계속 해야 했다.

일거리를 찾아 헤매다가 청개천 평화시장 앞 한 양복점 앞에서 걸음을 세웠다.

'미싱사 구함'이라는 글자가 눈에 크게 확대되어 들어왔다.

그대로 점포 안으로 들어가 사장을 찾았다.

주인인 듯해 보이는 남자가 무슨 일로 찾아왔느냐고 물어왔다.

"일자리를 좀 구했으면 하구요."

"미싱이요, 시다 일이요?"

"뭐든지 다 하겠습니다."

"허허허… 뭐든지 다 할 수 있다 했소?"

사장은 기다렸다는 듯이 월남치마 하나를 손에 들어 보이면서 말했다.

"이 치마 한 장 만드는데 오십 원이요, 열심히 해 보시오."

미싱사는 정임이 말고도 열 명 가까이 있어 보였다.

그러니까 제법 많은 분량의 수출주문을 받고 있는 공장 사장이었다.

그렇게 해서 주문을 맡은 월남치마는 어떤 날은 사오십 장이나 될 정도였다.

못 해도 하루 2,500원 꼴로 이틀이면 쌀이 한 가마 값이었다.

밥을 먹는 시간도 아끼면서 열심히 미싱을 돌렸다.

그리고 밤늦게 집에 돌아오면 성애는 밥을 지어 이불 속에 넣어 놓고 기다리고 있었다.

돈이 모아진다는 재미에 직장으로 집으로 1개월을 정신없이 뛰었다.

그런데 1개월이 훨씬 지났는데도 사장은 수공비를 계산해 줄 기미가 전혀 보이지 않았다.

공장장에게 어찌된 일이냐고 물었다.

그러자 공장장은 자기도 알 수 없다는 듯이 말했다.

"이 공장에 들어온 지 삼년이 됐지만 이런 일은 나도 처음 있는 일이요. 우리는 벌써 2개월 분이 밀렸답니다. 어찌된 일인지 아주머니가 제일 연장이신 것 같으니 아주머니가 사장님께 한 번 물어보시지요."

하지만 정임은 사장의 눈치만 보면서 좀 더 두고 기다려 보기로 했다.

그런 어느 날 출근했을 때였다.

공장장을 비롯해서 직원들이 가게 문 앞에서 웅성거리고 있었다.

그 문 유리창에 '안성사 폐업' 이라는 글자가 붙어 있었다.

그대로 억장이 무너지면서 말문이 막혔다.

직원들이 입을 모아 사장 집을 찾아가자고 했다.

무더운 날씨에 있는 대로 짜증이 올라왔지만 어쩔 수 없이 사장 집을 찾아갔을 때였다.

집은 벌써 텅 비어 있었다.

"이 놈의 팔자 어쩨 하는 일마다 잘 나가다가 삼천포로 빠지는가 몰겠네."

정임은 저절로 신세타령이 나오면서 평화시장 안으로 들어가 사장이 거래해 오던 상점을 돌아다니면서 수소문했다.

한 상점 주인이 안 됐다는 듯이 말했다.

"안성사 사장은 막장에 재산 다 날리고 야반도주했다데요."

기가 딱 막혔다.

허탈하게 집으로 돌아왔다.

그리고 다음날부터 또 일거리를 찾아 나섰다.

같은 업종 계열인 '개성사'에서 다행히 일자리를 구했다.

공장장이 소개를 했다.

마침 조장자리가 비어 있다면서 환영했다.

또 그 같은 낭패를 당할 때 당하더라도 어찌됐든 당장 기분만은 좋았다.

그 곳에서 첫 월급을 받았다.

오만 육천 원이었다.

공장이 별 탈 없이 그대로 지속만 되어 준다면 두 남매 생활하고 저축하여 학교 보내는 데는 걱정할 것이 없다 싶었다.

그러나 행운의 여신은 그조차도 외면했다. 출근을 하고 2개월 째 되면서 개성사도 끝장이 났는지 문을 닫았다.

서울로 상경한 지 5개월에 두 번이나 잇따라 당하는 실망이었다. 아무 대책도 없는 채 발길 닿는 대로 쏘다니며 날품도 마다하지 않고 닥치는 대로 일을 했다.

그러면서 1년이 지났을 때 성산동으로 방을 얻어 이사했다.

그때 성산동은 서울시내 변두리로 하천부지가 많아 밭에 나가서 얼마든지 날품이라도 팔 수가 있었기 때문이다.

봄이 가고 초여름이던 어느 날 밭에서 일을 하고 있을 때였다.

성애가 밭으로 달려오면서 반갑게 소리를 질렀다.

"엄마! 외할머니가 왔어, 빨리 집에 와봐!"

기별도 없이 어머니가 올라오시다니, 무슨 일인가 하고 집으로 달려갔다.

어머니가 바쁘게 들어서는 정임을 보고 대뜸 말했다.

"그래, 겨우 날품 팔아 먹고 살라고 서울까지 올라온겨?"

"…… 어떻게 오셨어요?"

"어떻게 오긴? 니 사는 것 좀 보려고 왔지."

더는 할 말이 없어졌다.

얼른 저녁밥을 지어 드려야겠다는 생각으로 부엌으로 나가 쌀통을 열었을 때였다.

밑바닥이던 쌀통이 가득 채워져 있었다. 어머니는 그 동안에 살림을 둘러보시고 시장을 다녀오신 듯 생선에 고기 근까지 사다 놓으셨다.

눈물이 핑 돌았다.

어쩌다가 박복한 팔자로 태어나 어머니의 애간장을 이리도 녹이는 불효자식이 되었는지 소리 없는 통곡의 눈물이 자꾸만 두 볼로 흘러 내렸다.

그러나 그런 모습을 어머니 앞에서는 애써 감추면서 말했다.

"엄니야, 우리 더 험한 세상도 살았잖아요. 젊어서 고생은 사서도 한다고 하는디 너무 걱정 안 하셔도 되요. 그래도 식구들 몸은 건강헝께."

그리고 억지로라도 웃음을 웃어보였다.

그러나 딸의 그 속마음을 읽어내는 어머니는 눈 안에 차오르는 눈물을 애서 감추면서 말했다.

"그래, 그것도 니 팔자니께 어쩌겠냐. 열심히 살다 보믄 그 말 이르고 살 날도 오겄제. 평생 이러고 살라드냐."

그렇게 가만하게 위로를 해 주시며 삼일을 함께 지낸 어머니는 고향으로 내려가면서 못내 뒤가 돌아보이는지 측은한 눈빛을 보내오면서 말했다.

"힘들면 내려오고…."

그렇게 어머니가 떠나가고 한 달쯤 지났을 때였다.

뜻밖에 영산포 아우 사례가 남편과 함께 모습을 나타냈다.

사는 모습이 부끄러웠지만 반가웠다.

동생 내외가 어머니에게서 사는 형편을 들었던지 좁은 방을 둘러보며 물어왔다.

"언니야, 여기서 이런 집 한 채 살라면 얼마나 가요?"

"평수에 따라 다르지만 작년에 지은 남원주택이 이백만이라고 하데."

동생이 그 집을 가보자고 했다.

대지가 55평에 건물이 18평이었다.

그런데 은행에 설정되어 있는 돈이 일백 오십 만원이 있다고 했다. 그래서 오십 만원만 있으면 당장 내일이라도 이전등기를 할 수가 있다는 말이었다.

그리고 은행에 설정되어 있는 일백 오십 만원에 대해서는 매월 삼만 오천 원씩 36개월만 부으면 끝난다고 했다.

동생은 그 설명을 듣고 돈 오십 만원을 건네주고 집을 매수하도록 했다.

그 이튿날이었다.

천수당 한약방 동생 소개로 김삼수라는 사람을 소개 받았다.

그는 면목2동에 그 자형이 주택공사를 하다가 중지하고 있는 집이 24동이 있다면서 구경을 가자고 했다.

느닷없이 동생 내외가 상경하면서 주택바람이 분 것이다.

김삼수는 그 자형이 양평시장을 짓다가 중간에 자금이 막혀 중단하고 있어서 싸게라도 팔라고 한다는 것이었다.

그래서 동생 사례 내외와 면목동 현장으로 그의 안내를 받고 갔을 때였다.

주택은 거의 완공 상태였다.

주택대지 건평이 35평에 건물이 25평이었다. 주택 한 동에 은행 대출이 300만원씩 설정되어 있었다. 그래서 한 동에 220만을 잡고 최하로 190만원만 받는다는 셈을 치더라도 집 한 채가 떨어진다는 계산이 나왔다.

그 계산에 동생 남편이 말했다.

"우리는 내려가서 돈을 부칠 테니 처형이 그 면목동 일을 시작해 보시오."

그리고 영산포로 내려간 아우가 5일 후에 일금 일백만원을 가지고 올라왔다.

그 주택공사 완공에 물주가 된 아우였다.

전기공사 상수도 하수도공사 선금을 지불하고 인건비 계산을 해 주다 보니 어느새 돈은 바닥이 났다.

김삼수는 그대로 중단할 수 없다면서 자기 집을 팔아서라도 동업으로 공사를 해야겠다고 제의해 왔다.

동생으로부터 돈이 송금되어 오면 김삼수의 돈을 돌려주면 되는 것이고, 또 그것이 안 되면 집을 한 채 건네받으면 된다고 속으로 계산했다.

그래서 김삼수를 감독소장으로 정해 그 일을 맡겼다.

그런데 공사를 약 3개월에 걸쳐 하게 되면서 11월 달로 접어들었을 때였다.

현장에 도착한 정임은 혼비백산 정신을 잃고 그 자리에 쓰러지고 말았다.

사전에 이미 계획된 일이었던 듯 김삼수는 집을 은행에 죄다 저당해서 천만 원을 뽑아 행방을 감추고 말았다는 청천벽력과도 같은 말이 주위 사람들의 입에서 흘러 나왔다.

형사 두 명이 나와 김삼수를 잡아주는 사람에게 현상금 오십만 원을 걸었다.

그 자리에서 졸도를 하고 만 정임이 눈을 떴을 때는 병원이었다.

주위 사람들이 구급차를 불러 병원으로 옮겼다고 했다.

겨우 의식이 돌아왔지만 눈앞이 캄캄하면서 가슴이 떨려 아무 말도 나오지 않았다.

퇴원을 하고 그렇게 된 내막을 찾아 수소문했다.

알아본 결과 김삼수의 자형은 원래 자금도 없이 시작했던 공사로 부도 직전에 정임과 동생 내외를 만나 겨우 회생을 했다가 지금 공사를 넘겨받은 김원주 사장에게 그 일체를 싸게 팔아넘긴 것이라고 했다.

어쩔 수 없이 모든 것을 수포로 돌리고 포기해야 했다.

다만 찾을 수 있는 것이라곤 공사를 하다가 남은 목재를 주위 모으면 적은 집 한 채는 지을 수가 있을 것 같았다.

살고 있는 집 옆으로 땅 13평을 사서 15평짜리 작은집을 지어 전세를 내놓기로 하고 부랴부랴 영산포 사례네 집으로 향했다.

동생 내외는 그 사실을 까마득히 모른 채 무사태평이었다.

누구를 원망할 수도 없었다.

그 일의 시작은 어찌 되었거나 서울에서 언니가 고생하고 있다는 어머니의 말을 듣고 도우러 왔다가 금전적으로 큰 손실을 본 사례 내외였다.

정임은 그 또한 돈과는 인연이 먼 자신의 팔자 탓이라고 한탄을 하면서 서울로 올라왔다.

하지만 눈 앞에 놓인 것이라곤 답답한 현실뿐이었다.

생각 끝에 정임은 사례 내외 한약방에서 익힌 한방 인술로 손님을 받아야겠다고 그 몸짓을 시작했다.

그러나 간판도 없는 집에 손님이 찾아올 리가 없었다.

어쩌다가 들어왔던 손님 중에는 날품팔이를 할 때 같이 일을 했던 사람들도 있었다.

그들은 들어왔다가 함께 날품팔이를 했던 정임을 보고 실망했다는 듯이 그대로 몸을 돌려 나가기도 했고, 더러는 믿기지가 않는다는 듯이 확인을 하듯 묻는 사람도 있었다.

"우리랑 함께 밭일 했던 그 애기 엄마 맞죠?"

그리고 몇 번 눈을 껌벅이다가 도무지 그 사실이 믿어지지 않는다는 듯 묘한 웃음을 흘리며 돌아서기도 했다.

이제 막일도 나가지 못한 생활은 다시 어려워지기 시작했다.

하지만 아무리 생활이 어려워도 이제 아홉 살이 된 성애를 집에서 그대로 심부름만 하게 할 수가 없었다.

어려운 대로 학교를 보내야 한다고 생각했다.

그러나 그조차도 여의치 못했다.

우선 대두된 것이 성애의 호적문제였다.

그렇다고 그 문제로 성애의 아버지 이순경을 찾아 의논하고 싶지는 않았다.

그것을 빌미로 두 번 다시 그와의 인연의 끈을 연결하고 싶지 않았기 때문이다.

그래서 생각한 것이 그 친척을 수소문해서 찾아 겨우 그쪽으로 호적을 만들어서 입학을 시킬 수가 있었다.

그리고 일거리를 찾아 두리번거리다가 어쩔 수 없이 다시 공사판에 나가 전전했다.

그렇게 2년 동안 부지런히 공사판 날일을 뛰었다.

하지만 벌어온 하루 일당으로는 저질러진 은행이자를 막기에는 역부족이었다.

그런데 설상가상으로 건강이 다시 적신호를 보내오기 시작했다.

하루 벌어 먹고 사는 막노동판에 힘이 들어지면서 자리에 눕게 되는 횟수가 잦아졌다.

그래서 어쩔 수 없이 어린 성애는 학교를 그만두고 미성 핸드백 공장에 취직을 했다.

일을 배우면서 공장 잔심부름을 해 주고 월 만원씩을 받아와 겨우 생활을 꾸려나갈 형편이 되고 말았다.

그러는 동안 정임은 몸을 추스르고 다시 새마을사업 공사판으로 일을 하러 나갔다.

그러나 열흘 인건비를 타오려면 동회장과 입씨름을 하면서 겨우 몇 잎 받아와 생활에 보태면서 그 추운 겨울을 어렵게 견뎌내고 있었다.

추운 겨울 뒤에 따뜻한 봄이 온다고 했던가.
그 이듬해 정월이었다.
그처럼 정임의 형편이 어렵게 된 것을 알게 된 한약방 동생 사례 내외가 올라와 은행융자가 들어있는 남원주택 67평 주택을 매입할 수 있게 해주면서 말했다.
"언니야, 이제 이쯤에서 언니의 고생스러웠던 방황을 끝낼 때가 된 거 같애. 이 집을 활용해서 본격적으로 동양오행 정통침과 쑥뜸 및 부항 사혈 요법으로 중풍환자 치료를 위한 한방의술을 펼쳐 보이는 거야. 한방인술도 그만큼 배웠고, 그 정도 실력이면 얼마든지 환자를 돌 볼 수 있을 것이고, 그동안 운명을 역행하면서 겪어야 했던 온갖 고통과 고생들도 오히려 환자를 치료하는 데 더 큰 도움이 될 테니까 말이야. 그것이 언니가 어릴 때부터 보여준 언니가 가야 할 운명 같은 모습이었거든……. 각자에게 주어진 운명의 길을 역행하면 고생을 한다고 하드구만. 언니를 보면서 그 생각이 부쩍 들지 뭐야."
그 말을 듣는 순간 정임은 가슴이 방망이질을 치기 시작했다.
"그래, 여태까지 내가 걸어온 이 가시밭 길을 통해서 사주 공부, 철학 공부, 동의보감 등을 보면서 가슴 설레며 얼마나 많은 밤들을 꼬박 새웠든가."

　마음을 가다듬기 시작한 정임은 새로운 몸짓을 하기 시작했다.

　그래서 처음에는 '동양철학관' 이라는 간판을 내다 걸었다.

　한방치료 정식면허증이 없었기 때문이다.

　간판을 내걸고 손님을 받기 전, 정임은 천지신명께 기도를 올려야겠다고 생각하고 준비를 해서 북한산으로 올라갔다.

　춘삼월이었지만 산 중턱은 아직 눈이 녹지 않아 조심스러웠다.

　자리를 정하고 앉아 준비해 온 제물과 촛불을 켜고 기도 정진(精進)에 들어갔다.

　그리고 2시간쯤 지났을 때였다.

　소슬한 바람에 몸은 추위에 얼어붙고 향도 떨어져 가고 촛불도 꺼졌다.

　겨우 몸을 추슬러 다시 향로에 불을 붙이고 기도를 하다가 어느 순간 깜빡 졸았던 모양이다.

　그때였다.

　검은 하늘에서 커다란 초록색 형광을 띤 수천 개의 띠가 정임의 두 무릎으로 쏟아져 내려앉으면서 형체도 보이지 않는 음성이 나지막하게 들려왔다.

　"이제 그만 일어나거라!"

　눈을 떴을 때는 먼동이 터오고 있었다.

　하산을 했다.

　그런데 참으로 알 수가 없는 일이었다. 그것이 정임이 걸어야 할

운명의 길이었던지 치료를 받은 환자들로부터 입소문이 나면서
환자들이 몰려들기 시작했다.

정임에게 치료를 받은 사람이 나가서 두 사람 세 사람씩을 달고
들어오면서 바빠지기 시작했다.

그런 어느 날 밤이었다.

꿈속에서 하얀 백말이 다리를 다쳐 정자나무 밑에 쓰러져 있었
다. 가까이 다가가서 보니 뒷다리 무릎 부분이 몹시 다쳐 있었다.

얼른 손으로 만져주었지만 쓰러진 말은 별 반응을 보이지 않았
다.

그때였다.

뒤에서 눈부신 섬광이 비치더니 백발노인이 하얀 수염을 날리면
서 모습을 나타냈다.

순간 신선이라는 생각이 들었다.

그 신선이 아무 말 없이 말 옆으로 다가갔다.

그리고 침을 꺼내 그 무릎 상처에 꽂아 주자 말은 벌떡 일어나
날개를 펴고 하늘로 승천했다.

그와 함께 백발의 노인도 눈 앞에서 사라져 버렸다.

잠에서 깬 정임은 참 별난 꿈도 다 있다고 고개를 갸우뚱했다.
그리고 아침 식사를 하고 환자를 맞을 준비를 하고 있을 때였다.

한쪽 다리를 절름거리며 목발을 짚고 들어오는 웬 남자 환자 한
사람이 보였다.

환자를 앉혀 놓고 시술에 들어가기 전이었다.

오행을 뽑아 환자를 진맥하기 위해 태어난 사주 년월시를 물어
보았다.

그런데 환자의 띠가 백말 띠로 임오생(壬午生)이었다.

순간 정임은 꿈속에서 백발노인이 말의 다친 다리에 침을 꼽아
주던 상처 부위가 생각나면서 그 부위를 돌아가면서 침을 놓고 삼
분쯤이 지나 일어나 걸어보라고 했다.

환자는 무릎이 아직 많이 부어 있는 상태였는데도 목발을 짚지
않고 벌떡 일어나 걸었다.

학슬풍을 앓고 있는 환자였다.

그 후 그 환자는 사혈요법과 침 시술을 번갈아 받으면서 부기도
내렸고, 마침내 정상으로 돌아왔다.

그날 밤 꿈은 그 환자가 올 것을 미리 선몽해 준 것으로 그야말
로 신(神)이 계시를 해준 것이라고 믿어졌다.

그것을 옆에서 지켜본 환자들은 정임의 침술은 신(神)침이라고
까지 말하기에 이르렀다.

하지만 그런 중에도 정임은 남에게 말 못하는 고민이 생겼다.

과거에 앓았던 두통이 다시 도진 것인지 머리가 무겁게 아파오
기 시작했다.

중이 제 머리는 못 깎는다는 말은 이를 두고 하는 말 같았다.

어쩔 수 없이 두통을 가라앉히기 위해 찬 수건을 해서 머리에 얹
고 누워 있곤 했다.

그런 모습을 환자들에게 보인다는 것은 바람직한 일이 못되어

곤혹스러웠다.

그런데 수건을 얹고 잠시 누워 있을 때였다.

잠깐 잠이 들었던지 비몽사몽간에 한 동자승이 나타났다.

그 동자승이 나무를 타고 올라가 손을 뻗고 나무 열매를 따려는 순간 나뭇가지가 부러지면서 동자승이 땅에 떨어져 사지를 쭉 뻗었다.

놀란 정임이 하급을 하고 달려갔다.

동자승은 의식불명이었다.

그래서 정임은 어서 일어나라고 동자승을 흔들어 깨웠지만 미동도 하지 않았다.

그때였다.

대웅전 쪽에서 장삼을 걸친 스님 한 분이 이쪽을 향해서 걸어오고 있었다.

그 스님 몸에서 눈부신 광채가 나면서 너무나 눈이 부셔 도무지 그 얼굴을 바로 바라볼 수가 없었다.

그런데 그 스님은 손에 한 웅큼의 솔잎을 들고 그 동자승에게로 다가가더니 그 솔잎을 명주실로 묶어 동자승의 머리를 마구 찔러 댔다.

그러자 솔잎에 찔린 동자승의 머리에서 피가 낭자하게 흘러 내리면서 이윽고 동자승은 정신이 돌아왔는지 부스스 일어났다.

그리고 동자승은 스님에게 큰절 삼배를 올리면서 거듭 고맙다는 인사를 했다.

그 광경을 정임이 넋을 놓고 쳐다보고 있을 때였다.

스님이 다가와 그 솔잎 뭉치를 정임의 손에 쥐어주고 대웅전 쪽으로 사라졌다.

인사를 해야겠다고 뒤를 쫓아가다가 눈을 떴다.

정임은 그 꿈이 자신의 두통치료를 암시해 주는 듯했다.

일어나 동침 일곱 개를 묶어 한 손에 거울을 들고 아픈 머리 부위를 직접 찔러대기 시작했다.

검붉다 못해 시커먼 피가 흘러 내렸다.

머리가 욱신거렸지만 계속 시술을 했다.

그러자 조금씩 머리 통증이 가라앉기 시작했다.

그 뒤로 정임은 머리가 그 증상을 보일 때마다 직접 그렇게 시술을 했고, 마침내 그로 하여 터득한 치료방법으로 두통 환자들을 치료해 주면서 오랜 두통 환자들로부터 약사여래 보살님의 현신(現身)이라는 말까지 듣게 되었다.

그 입소문을 타고 환자들이 밀려들기 시작했다.

세상에 이런 일도 있는가 싶어졌다.

오래간만에 살맛이 났다.

새삼스럽게 지난날 동네 어른들로부터 "약사 보살이 들어왔는갚다"는 말이 생각나면서 열심히 찾아오는 환자들을 치료했다.

그런 어느 날 밤이었다. 정임은 꿈속에서 수수 빗자루를 손에 든 채 붕하고 하늘로 떠올랐다.

그리고 그 수많은 크고 작은 별들을 열심히 앞으로 쓸어 모으면서 하늘을 쳐다볼 때였다.

저 멀리 있던 별들까지 한없이 아득하게 밀려오는 것이었다.

정임은 그만 화들짝 놀라 잠에서 깨어났다.

그 꿈은 분명히 흉몽이 아닌 길몽이라는 생각이 들면서 자신이
하는 일에 더욱 용기를 갖게 해 주었다.

오직 불심으로

이제는 더 이상 다른 일을 찾아 두리번거릴 필요가 없다는 생각
이 들었다.

지난날의 경험들을 살려 열심히 환자들을 치료했다.

매일 찾아오는 손님들로 마음은 휴식의 언덕을 절반쯤 오른 기
분이었다.

그러던 어느 날이었다. 소문을 듣고 이른 새벽부터 환자를 데리
고 들어오는 여인이 있었다.

환자는 이태원 중앙교회 목사 아들로 심한 허리 디스크로 인한
요통 때문에 일본 유학중에 귀국을 했다고 했다.

병원에서 수술도 했지만 여전히 별 차도가 없어 찾아왔다면서
말했다.

"소문을 듣고 왔습니다. 침 뜸 치료를 받아보라고 해서……."

"디스크 요통에는 수술보다도 한방 치료로 효험을 보는 환자들이 더 많지요."

그렇게 소문을 듣고 찾아온 목사 아들은 침과 부항으로 치료를 받은 지 사흘 만에 기적처럼 진통이 사라졌다.

그러자 그 부인은 남편인 강목사를 대동하고 들어왔다.

강목사는 일주일 단식기도를 하다가 한쪽이 중풍을 맞아 거동이 불편해졌다는 것이다.

강목사는 아들과 함께 치료를 받으면서 말했다.

"중풍도 한방으로 가능할까요?"

"중풍을 현대의학으로 다스리기는 어렵다고들 합니다. 째고 봉합을 할 병이 아니니까요. 한 번 믿고 치료를 받아 보시지요."

강목사는 일주일을 열심히 다니면서 치료를 받았다.

그런데 놀랍게도 효과를 본 것이다.

그 후 강목사는 건강이 좋지 않은 교인들에게 마치 선전부장처럼 안내를 해 주면서 3개월에 걸쳐 이백 명 이상의 환자들이 다녀갔다.

그 환자들이 또 다른 환자를 데리고 오면서 정임은 정신없이 바빠지기 시작했고, 따라서 수입도 늘어갔다.

정임은 이제 다시 성애를 학교에 보내야 한다고 생각했다.

그러나 성애는 가만하게 고개를 흔들면서 말했다.

"엄마, 우리는 엄마만 옆에 있으면 공부 못해도 기술 배워가면서 남처럼 잘 살 수 있으니까 걱정하지 마. 공부는 이 담에 돈 다 벌어

놓고 야간 다니면 되지 뭐."

그런 성애는 공장에서 일을 마치고 돌아오면 잠이 들 때까지 엄마, 엄마를 입에 달고 살았다.

엄마와 헤어져 살면서 얼마나 어린 가슴에 피멍울이 맺혔으면 그럴까 싶어지면서 정임은 가슴이 미어져 왔다.

그 어린 가슴에 피맺힌 한을 풀어주기 위해서라도 열심히 돈을 벌어야 한다고 생각했다.

소문을 듣고 찾아온 환자들은 점점 늘어 한밤중에도 경풍과 간질병으로 찾아온 환자들이 줄을 이었다.

그러는 동안 집을 살 때 얻어 온 채무와 은행이자도 다 갚게 되었다.

시간이 지나면서 통장에 점점 돈이 불어나기 시작했다.

새로운 삶의 기쁨을 맛보는 동안 세월은 흘러 어느 사이 용이도 고등학교를 졸업하고 가업을 물려주기 위해 K대 한의학과에 원서를 내게 했다.

그러나 거기에는 실력이 부족했던지 낙방을 하고 삼수 끝에 Y대 산업공학과에 합격했다는 기쁨도 안겨 주었다.

그건 그렇고 다시 수년 전으로 거슬러 올라가 1974년 정임의 나이 47세때였다.

그 동안 고생은 했지만 그러나 이제 정임은 남부러울 것이 없었다. 부지런히 일하고 아껴서 남은 여생 쓸 만큼 돈도 모아졌기 때문이다.

절약하면 평생 쓰고 남을 만큼 돈이 모아진 정임은 그 돈으로 숙원 사업인 절을 지어 들어가야겠다고 생각했었다.

그때 국가 경제성장의 슬로건을 내건 군사정부에서 전국적으로 새마을 사업을 추진하고 있을 때였다.

손에 돈을 쥐게 된 정임은 나주, 영산포, 영암, 화순 등으로 절터를 보러 다니기 시작했다.

그렇게 절터를 알아보러 다니던 정임은 어느 날 여동생 사례의 남편 소개로 나성수라는 사람과 김주선이라는 사람을 만났다.

그들은 그때 정부에 사업안을 내놓고 자금 부족으로 물주를 찾고 있었다.

오성그룹이라는 '대한양곡주식회사'였다.

전전긍긍하던 차에 정임을 만난 두 사람이 열심히 사업설명을 했다.

회사는 기계개발, 주정개발, 관광개발, 식품개발, 양곡개발 등 다섯 개 사업부로 나뉘어져 있었고, 거기에 따른 샘플 개발이 완성된 상태여서 비전이 있는 회사라고 했다.

그렇게 발족되어 있는 회사는 주주형식이 거의 갖추어져 있었고, 고문으로 계시는 분들이 장관급 인사들과 나란히 어깨를 겨눌 만큼 쟁쟁한 분들이었다.

그래서 정임은 사업에 동참하기에 앞서 사업 계획서와 그 아이템 내용을 경제 기획원에서 확인해 보았다.

　회사는 정부 투자 보조금을 받게 되어 있었고, 미국 차관으로 270억 원을 지원 받기로 되어 있었다.

　회사는 그 결재가 떨어지기만을 기다리면서 사업 구상을 하고 있었다.

　그러나 샘플이 완성된 터여서 시급을 다투는 상황이었다.

　그래서 사업이 정상 운영으로 번창되면 회사에서 사찰을 지어 주겠다는 조건으로 그 사업에 동참했다.

　정임은 사찰을 짓기 위해 마련해 두었던 돈과 일부 급전을 빌려 광화문옥 빌딩 2층에 사무실 방 2개를 얻어 사업 추진에 박차를 가했다.

　그로부터 몇 년 동안 정임은 회사 업무 뿐만 아니라 집에 예약을 하고 찾아오는 손님들로 정신없이 바빠졌다.

　그러면서 환자 시술을 해준 돈으로 회사 직원들의 식대와 잡비 등 그 일체를 맡아 부담했다.

　그렇게 회사는 정부에서 보조지원 자금이 나오기만을 기다리고 있을 때, 그 사업 설명을 듣고 거기에 탑승하게 된 정임이었다.

　그런 어느 날 밤 꿈이었다.

　정임은 눈이 쌓여 있는 허허벌판에 서 있었다.

　그런데 그 벌판 가운데로 길이 뻗어 있었고, 그 신작로 양쪽에는 버드나무 가로수가 5m 간격으로 쭉 서 있는 그 가로수마다 검은 옷을 입은 사람들이 추위를 피하려고 매미들처럼 달라 붙어있었다.

그 모습이 너무나 섬뜩했다.

정임은 무서움에 신작로를 빠져 나가려고 달음질을 했고, 그 신작로를 거의 빠져 나왔을 때쯤이었다.

큰 포플러 나무가 눈에 보였다. 정임도 추위를 달래려고 그 사람들처럼 포플러 나무를 껴안은 순간이었다.

나뭇잎이 우수수 머리 위로 쏟아져 내리면서 놀라움에 화들짝 꿈에서 깨어났다.

그것은 진행 중인 사업의 종말을 현몽해 주는 꿈이 분명했다.

어찌된 일인지 기대하는 사업은 생각처럼 순조롭지 않은 채 계속 돈만 들어갔다.

그렇게 꼬이는 회사 일로 속이 상해 집안일과 아이들을 제대로 살피지 못했던 정임이었다.

그 동안 사춘기에 접어들었던 성애가 어느 날부터 시무룩하게 웃음을 잃어버리더니 가출을 해버렸다.

충격이었다.

그 충격에 가중되어 오는 압박이 당장 눈 앞에 당면한 회사 문제였다.

평생 숙원인 사찰을 지으려고 그처럼 한 푼도 쓰지 않고 열심히 모아 두었던 돈에다 남의 빚까지 얻어 그 사업에 몽땅 투자했던 정임이었다.

그런데 그처럼 무산되고 만 사업으로 짊어진 부채를 어찌 막을 것인가?

다시 물질적으로나 정신적으로 쫓기게 된 정임은 어쩔 수 없이 또 동생 사례에게 염치없는 손을 내밀었다.

하지만 사례 내외도 더는 어쩔 수 없었던지 금비녀와 목걸이를 팔아서 쓰라고 보내왔다.

그렇게 사업과는 운 때가 맞지 않는 정임이었다.

벌리는 사업마다 번번이 그렇게 뒤틀리기만 했다.

1979년 10월 26일, 박정희 대통령이 심복 김재규에게 저격을 당하는 시해사건이 터지면서 정부결재가 떨어지기만을 학수고대하며 어렵게 버텨오던 회사가 대통령 서거 정국으로 각계 각층에 몰아닥친 난기류에 편승해 결국 회생할 수 없는 파산을 맞고 말았다.

박대통령이 시해를 당하기 하루 전날 밤이었다.

집을 지키던 족제비가 부엌 찬장 틈에 끼이더니 두어 시간 실랑이 끝에 겨우 끌어내어 놓아주는 소동을 피웠다.

또한 난데없이 동네 도둑고양이들이 집으로 몰려와 밤새도록 울어대는 바람에 거의 뜬 눈으로 밤을 새웠다.

미물들이 나라의 변고를 먼저 알고 소동을 벌린 것이었다.

박대통령 서거 후 혼란스런 정권은 회사가 목을 빼고 기다리던 경제기획원 사업안을 완전히 무산시켰다.

회사 비전을 보고 동참했던 투자자들 중에서 그 충격에 실신내지는 자살한 사람도 있었다.

마침내 투자자들은 모두 뿔뿔이 흩어지고 말았다.

그것은 어쩌면 나라가 일제로부터 해방은 되었다고 하지만, 강대국에 의존한 채 민족 통일의 재건정부를 수립하려고 치달리던 국부가 불행하게도 시해당해야 했던 참사로, 그것은 국권을 완벽하게 회복하지 못했던 약소국가의 온 국민이 함께 당해야 했던 큰 불행이었다.

어쩌면 그 불씨는 이미 해방공간에서부터 안고 있었던 것인지도 모른다.

그러니까 일제로부터 해방이 되고 대한민국 정부가 수립되었다고는 하지만, 그 동안 강대국에 의존해 왔던 경제뿐 아니라 국방력을 비밀리에 키워 나가려고 했던 것이 5.16 군사혁명 정부의 통일정책 일환으로 극비의 프로그램이었다.

그래서 남한의 중앙정보부장이 비밀리에 북한을 왕래하면서 얻은 결론은 우리나라가 남북대립으로 인해 소모되는 분단비용 중에는 우리나라 군사비용은 말할 것도 없고, 주한미군 주둔비용 분담은 많은 부분이 미국의 이익을 위해 쓰여지고 있으면서, 미국으로부터 들어오는 전투기 구입비용만 해도 생각하기 어려울 만큼 큰 액수인 것이었다.

그러한 분단 소모비용을 감축 절감하기 위해서 정부는 민족의 오랜 숙원인 통일대책 일환으로 이후락 중앙정보부장을 비밀리에 북한에 들락거리게 했던 것이다.

그것이 어제나 오늘이나 타에 의존하지 않는 자주독립국가로 남북통일이라는 피할 수 없는 숙제를 안고 있는 대한민국이다.

과거 해방정국에서 남한만의 단독선거 단독정부 수립 반대로 대구폭동을 일으켰던 고 박정희 대통령의 형이 바로 박상희였고, 그때 여순 민중봉기에 앞장섰던 14연대 '여순사건'에 협력했던 그의 동생 박정희 정보장교는 체포되었지만 일본사관학교 동기생인 강문봉의 도움으로 반란군에 관한 정보를 제공해 주는 조건으로 이승만 정부로부터 사형을 면제 받았었다.

그 같은 곤혹을 해방정국에서 치루었던 박정희 소장이 1961년 5.16 군사 쿠데타로 혁명에 성공하고 군정을 실시하다 2년만에 민정이양 절차를 만들었다.

1963년 5월 27일 민주공화당 개편대회에서 제 5대 대통령 후보로 박정희가 지명이었다.

박정희는 마침내 군복을 벗고 본격적으로 대통령 선거 전에 나섰다. 박정희와 윤보선의 대결이었다. 그 선거전에서 사상논쟁이 불거진 것이다.

각 당 후보자들은 지방유세를 갖고 각종 공약을 제시하면서 지지를 호소했다.

그런데 박정희 후보가 9월 23일 방송 연설을 통해 "이번 선거는 민족적 이념을 망각한 가식된 자유민주주의와 강렬한 민주주의를 바탕으로 한 진정한 자유민주주의의 사상적 대결"이라고 말했다.

이것이 불씨로 '사상논쟁'의 불이 붙게 된 것이다.

그때 전주에서 지방유세를 하고 있던 윤보선은 바로 다음날 기자 회견을 청해 박정희 후보를 향해 비난의 화살을 날렸다.

"여순반란사건의 관련자가 정부 안에 있으며, 이번 선거야말로
이질적 사상과 민주사상의 대결"이라고 응수하면서 사상논쟁은
본격화 되었다.

윤후보는 "박정희 후보가 공산주의자라고 말한 것은 아니다. 그
러나 그의 민주주의 신봉 여부가 의심스럽다"라고 묘한 뉘앙스를
안겨 주었다.

그러나 이미 그 어떤 뜻을 담아 두고 있는 윤보선 후보의 이 같
은 말은 빠르게 전해지면서 술렁이게 했다.

그런데 같은 날 여수에서 윤보선 후보의 찬조연설을 나온 윤재
술 의원은 그 말의 뜻을 좀 더 밝혀 드러내는 연설을 했다.

"이곳은 여순반란사건이란 핏자국이 묻은 곳이다. 그 사건을 만
들어낸 장본인들이 죽었느냐, 살았느냐? 살았다면 대한민국에서
지금 무슨 일을 하고 있는가를 여러분은 아는가, 모르는가? 여러분
이 모른다면 저 종고산은 알 것이다."

박정희 후보를 향해 비아냥거리는 말이었다.

그러니까 박정희 후보는 '강렬한 민주주의를 바탕으로 한 진정
한 자유민주주의의 사상대결을' 감히 이야기할 수 없는 사람이라
는 말이었다.

이 같은 폭로에 뒤이어 대통령 후보를 낸 재야 6당은 박정희 후
보의 등록 취소를 청구하는 행정소송을 재기했고, 공명선거투쟁
위원회 주최의 선거 집회에서는 "간첩 황태성의 책략에 의해 공화
당의 2원제 사전 조직이 추진되었으며 밀봉교육이 실시되었다"고

주장하는 삐라가 뿌려지면서 사상논쟁을 치열하게 부채질하고 있었다.

이와 같이 수많은 사상논쟁 속에서도 1963년 10월 15일 실시된 선거 결과 15만표 차로 여당 후보 박정희가 당선 확정되면서 제3공화국이 들어선 것이다.

선거로 뽑은 대한민국 통치자에 오르게 된 박정희 대통령은 조국 근대화를 위해 선거 공약으로 내놓았던 농공병진정책과 경제개발 5개년 계획을 추진함으로써 국익을 성장시켜 나갔다.

또 한편으로는 통일의 물꼬를 트고자 남북대화의 물밑 작업을 시도했던 것이다.

언제까지 남북이 적대관계로 국력을 소모할 수가 없는 일이기 때문이다.

그래서 특히 진보적 입장을 지향하는 세대는 통일에 걸림돌이 되는 '미국은 물러가라!' 는 구호를 외치고 나섰지만, 우리 시대 최대의 과제인 분단극복에 장애 요인을 해소하려고 남북이 밀약(密約)을 맺고, 그 첫 행진을 비밀리에 시도하던 박정희 대통령은 안타깝게도 그 꿈을 이루지 못하고 그처럼 시해를 당하고 말았던 것이다.

그때 박정희 대통령을 저격했던 김재규의 입에서는 놀랍게도 "내 뒤에는 미국이 있다!"고 말했었다.

결국 민족이 하나로 힘을 뭉쳐야 세계 속에 살아남을 수 있다는 애국 애족의 몸부림을 그처럼 싹뚝 제거해 버린 이면에는 코끼리

처럼 거대한 눈과 손이 번득이고 있었음을 충분히 짐작하게 해준
사건이었다.

그처럼 남북분단의 비극이 부른 아픈 역사의 시간 위에서 거듭
되는 시대의 상처를 안고 다시 허우적거리는 생활 속에 내몰린 정
임이었다.

그야말로 하루아침에 모든 것이 물거품이 되어 버린, 그토록 예
기치 않은 엄청난 상황에 정임은 망연자실 넋을 잃고 삶의 의욕마
저 상실한 채였다.

그러나 눈 앞에 놓인 현실은 그런 정임의 숨통을 다시 조여 오기
시작했다.

그 동안 끌어다 쓴 사채 빚이 연채까지 되어 천백 만원을 빌려
쓴 돈이 오천만원으로 늘어났다. 당시 반포 32평 아파트 가격이 삼
천 사백만원 할 때였다.

급기야는 사채업자에게 살고 있던 67평집을 넘겨주어야 했다.
그리고 손에 남은 돈이라곤 겨우 삼백만원이 전부였다.

어쩔 수 없이 동사무소 뒤 작은 연립주택을 얻어 이사를 했다.

그야말로 다시 길거리로 내몰린 막막한 기분이었다.

억장이 무너져 멍하니 앉아 있는 정임을 보고 학교에서 돌아온
아들 용은 어머니의 표정을 살피면서 말했다.

"어무니, 이제 저도 이만큼 머리가 컸으니까 모든 일을 저와 상
의해 주셨으면 해요. 그리고 내 것 안 되려고 나간 돈에 너무 미련

두지 마세요, 건강만 해치니까요.”

“그래, 고맙다. 니가 벌써 커서….”

그렇게 우울해 있는 속으로 집을 나가 몇 년 동안 소식이 끊겼던 성애가 뜻밖에 불쑥 모습을 나타냈다.

너무나 반가워 얼른 말이 나가지 않았다.

주체할 수 없는 눈물만 솟구쳤다.

“야속한 것!….”

얼마만에 마음을 가다듬고 겨우 건네는 말은 그것이 전부였다.

“엄마 그 동안 죄송해요. 용서해 주실 수 있죠? 흐흑…. 흑….”

집을 나가 십여 년 만에 돌아온 성애는 그 사이 어엿한 처녀가 되어 있었다.

“이 무정한 것아!…. 그래, 이렇게 살아 있어 준 것만도 고맙구나. 그 동안 이 못난 에미를 얼마나 원망했드냐? 흐흑, 흑, 흑……”

얼마를 부둥켜안고 모녀가 울음을 풀고 났을 때였다.

성애가 눈물을 훔치면서 말했다.

“엄마, 나 시집가게 됐어.”

“그래, 어디서 뭘 하는 사람을 만났드냐?”

“파주에 있는 부대 안에서 만난 사람인데 공군 정찰기 컴퓨터를 담당하고 있는 군인이야. 우리 결혼해서 미국 가서 살기로 했어. 거기 가서 나 공부도 시켜준다고 그랬어, 엄마.”

듣던 중 오래간만에 반가운 소식이었다.

그때 문득 성애를 임신했을 때의 태몽이 생각났다. 꿈속에서 성애 아버지가 월출산에 뜬 해가 입으로 쑥 들어와 턱이 빠졌다며 치료를 해달라고 했었다.

그리고 다음날 또 이상한 꿈을 꾸었었다.

영산포 냉산이 무너져 산사태가 일어나면서 가옥을 덮쳤다.

모두가 피난을 간다고 야단법석이었다.

그때 정임은 꿈속에서도 자고 있었다. 그때 제부가 뛰어 들어와 산이 무너져 내린다며 빨리 일어나라고 소리를 질렀다.

그러나 정임은 그까짓 것이 무슨 큰 대수냐고 말을 하고 냉산 쪽으로 가서 기지개를 펴면서 산을 건너다봤다.

그 순간 냉산이 원위치로 되돌아오고 있었다.

그렇게 무너져 내렸던 산이 제 위치로 돌아온 것이 성애의 운명을 예시해준 태몽이었다.

"그래, 지금까지 세상 살고 보니 타고난 팔자 도망은 못 간다는 어른들 말이 맞더구나. 니가 그 동안 고생은 했어도 앞으로는 그 말 이르고 잘 살 것을 엄마는 믿는단다. 니 가졌을 때 태몽 꿈이 그랬으니께……."

"그러니까 내가 엄마를 가슴 아프게 해 주고 떠났다가 다시 돌아올 것을 예시해 준 꿈이었네."

"이제 보니 그런 것 같구나. 니 언니 명애도 태몽 꿈이 그랬어. 뽕나무 벌레가 뽕나무 잎을 먹지 않고 엉뚱하게 감나무로 기어 올라갈라고 해서 내가 왕골 자릿대로 다리를 놓아 주었었지. 그랬더니 감나무로 기어 올라간 뽕나무 벌레가 갑자기 큰 황소로 둔갑을 해서 황금 빛 구름 위로 승천을 해 버렸어. 내가 왕골 자릿대만 놓아주지 않았어도 이렇게 이별의 슬픔을 안고 살지는 않았을 것인디…. 그래도 황소로 둔갑해서 승천했응께 어디서든지 잘 살 것을 엄마는 믿는단다.”

그렇게 성애의 가출과 뜻밖의 출현으로 태봉을 다시 생각하면서 정임은 가만하게 말했다.

“전생에 내가 무슨 넘 못할 업보를 그리 많이 지었던고…. 여기 저기 자식새끼 낳아서 떼놓고 모질게 살아온 목숨, 절이나 지어서 부처님께 속죄나 허고 살라고 혔더니 그것도 내 욕심이든가 물거품이 되어뿔고, 내일은 또 어떤 시간을 맞을 것인고….”

모든 계획이 물거품이 되고 만 정임은 이제 인생을 새 출발하겠다는 딸 성애에게 해줄 수 있는 것이라곤 아무것도 없었다. 다만 어머니로서 해줄 수 있는 이야기라곤 인생은 기쁨도 슬픔도 아니며 그 두 가지를 겪으며 살면서 자기가 할 수 있는 일을 발견하고 그 일에 신념을 가지고 열심히 할 때 행복은 찾아올 것이라고 말해 주고 싶었다.

그 어떤 무거운 삶의 봇짐도 자업자득(自業自得)에 의한 것으로 현생에 와서 스스로 풀어야 할 숙제인 것이기에 그 고난을 함께 해야 하는 것이 부처님께서 말씀하신 인연법이라는 것을 말해 주고 있었다.

겨울 문턱에서

매일 매일 바뀌는 세상에서 결코 남들처럼 쉽게 살아갈 수 없는 것이 이미 정해져 있는 정임의 운명 같은 것이었는지도 모른다.

그토록 빛과 그림자처럼 따라다니며 한 걸음도 남들처럼 자유롭게 살 수 없게 하는 자신의 운명 앞에 미안한 것은 그 탯줄을 인연으로 태어난 아이들이었다.

하지만 그 생명 또한 우연이 아닌 천연(天緣)으로 숙명적 인연법에 의해 만나졌음을 어쩌겠는가.

그토록 아픈 부모 텃밭을 인연으로 태어나 속울음 울며 잠적했던 딸아이가 이제 새 출발을 하겠다고 찾아온 고마움에 정임은 새삼 부처님의 인연법을 되새김질하면서 다독였다.

"그래, 오늘 성애 니가 이 모자라는 에미를 그래도 에미라고 으젓하게 잘 커서 찾아와주니 고맙고 미안허단 말을 어찌 말로 다 허겠냐, 고맙다. 내 팔자 궂어 그 동안 너희들을 넘 부모처럼 좋은 집에서 호강스럽게 다독여주지도 못했는디···. 니가 오늘 이 에미를 참말로 부끄럽게 만드는구나, 용서해 주는 것 같아서······."

"······."

"아아! 용서 자체가 벌인 것을···. 그래, 부디 느그 만큼은 그 아픔 교훈 삼고 남한테 용서받는 사람이 되지 말고 살거라. 용서를 받는다는 것은 이미 죄인이라는 말 아니겠냐. 죄는 벌을 함께 갖고 온다더니 오늘 용서 받는 이 에미 마음이 이리도 쓰리고 아프구나···."

이제 시집을 가겠다고 찾아온 딸 앞에서 무엇을 더 생각하고 바랄 것인가?

어쩌다가 복 없는 부모를 만나 집을 나가 잠적했던 딸아이가 자립으로 말쑥하게 잘 커서 제 둥지를 만들어 떠난다고 인사를 하러 왔고, 모진 인연 속에 태어난 아들 용이 의젓하게 잘 자라주고 있는 것만으로도 정임은 하늘에 감사해야 했다.

어머니를 찾아온 딸 성애는 친구의 소개로 파주 부대 안에서 일을 하다가 그 친구의 소개로 미 공군 상사로서 정찰기의 컴퓨터를 담당하고 있는 청년을 사귀게 되었다고 했다.

또한 신랑감은 미국 아리조나주에 살고 있는 교수의 아들이라고 입 자랑을 했다.

그리고 성애는 다시 연락을 하겠다는 말을 뒤로 남기고 떠나갔다. 눈물이 나도록 고맙고 대견했다.

　그 동안 명치 끝에 무겁게 매달려 있던 멍울이 마치 떨어져 나간 기분으로 날아갈 듯했다.

　오래간만에 웃음기 도는 얼굴로 다시 환자들을 맞을 준비를 하고 있을 때였다.

　한 통의 전화가 걸려왔다.

　그 동네 통장으로부터였다.

　"계셨군요. 다름이 아니라 제가 잘 아는 동네 할머니 한 분이 거동이 많이 불편하셔서 방문치료도 가능하신가 하고 전화 걸었습니다만…."

　마침 환자가 없는 터여서 쾌히 승낙을 했다.

　정임이 그 통장과 함께 그 할머니 댁을 방문했을 때였다.

　할머니는 오장중풍으로 육신을 쓰지 못하고 말도 어눌한 채 자리에 누워서 희미하게 눈인사를 해 왔다.

　"전혀 거동을 못하십니까?"

　그러자 통장이 대신 대답을 했다.

　"집안에서도 겨우 배로 기어 다니면서 볼 일을 보시죠. 아들은 직장에 나가고 며느리는 학교 선생이라 퇴근해야 들어오고…. 돌봐주는 사람이 없지 뭡니까."

　할머니의 처지가 더없이 측은해져 왔다. 부모가 자식을 낳아 기를 때는 마른자리 진자리 행여 불편할까 봐서 밤잠도 설치며 키우는 것이 부모의 마음이다.

　그런데 그처럼 무심한 자식 열을 낳아 기르면 무얼 하겠는가 싶어지면서 도무지 남의 일 같지가 않았다.

　정임은 측은지심이 들면서 그날부터 며칠을 침과 부항요법으로 열심히 치료를 해 주러 다녔다.

　그날도 치료를 해 주고 막 일어서려고 할 때였다.

　할머니는 배가 고프셨는지 부엌 쪽을 손짓하면서 말했다.

　"배, 배고파, 나 바 밥 좀…"

　"어머! 시장기가 드신 모양이죠?"

　부엌으로 나갔을 때였다.

　싱크대 위에 밥 한 공기와 된장국 한 대접이 달랑 놓여 있었다. 순간 정임은 그렇게 거동도 제대로 하지 못하는 할머니를 어떻게 밥을 챙겨 드시라고 그렇게 해놓고 갔는지 그 아들 내외가 더 없이 괘씸했다.

　밥상을 대충 챙겨 드시게 하고 아들 내외가 들어올 때까지 기다렸다.

　학교 선생인 며느리가 퇴근을 하고 들어오다가 정임을 보고 머쓱하게 인사를 했다.

　"통장님에게서 말씀 들었습니다. 우리 어머니를 치료해 주신다구요."

　그 입인사에 정임은 거두절미하고 잘라 말했다.

　"며느님을 만나려고 여태 기다리고 있었소. 잠깐 이야기 좀 할까 해서요."

　"…… 무슨 말씀이라도?"

"할머니가 거동을 못하는데 어떻게 밥을 챙겨 드시라고 싱크대 위에 달랑 얹어 놓고 출근을 한단 말이요. 학생들이 학교에서 배우는 그 지식? 사람 노릇 제대로 하고 살라고 가르치는 거 아니겠소. 그런데 항차 제 낳아준 부모를 홀대하는 그 공부 배워가꼬 어디다 쓰겠소. 먼저 사람 도리부터 배워야지요. 그래 우리 어른들이 애 낳아가꼬 자식 품에 안고 제일 먼저 가르치는 것이 도리도리 짝짝 꿍이란 거였소. 그란디 부모 자식 간에 도리가 뭐요? 저러큼 수족도 못 쓰는 부모를 어쩌크럼 밥을 챙겨 드시라고…. 자식이 부모한테 효도하면 하늘이 감응해서 그 복을 내려준다고 합디다. 주제 넘는 것 같지만 담부터는 식사 챙겨서 머리맡에라도 두고 가란 말을 하려고 기다리고 있었던 거요. 남의 일에 괜한 잔소리 같지만…."

"죄, 죄송합니다. 생각이 짧아서 그만……."

그 말을 하는 며느리는 차마 눈을 바로 대하기가 민망했던지 고개를 숙였다.

그렇게 며느리를 타일러 주고 자리에서 일어서는 정임의 가슴이 조금은 후련했다.

그날 이후 정임이 역시도 생각에 많은 변화를 가져왔다. 그래서 노인 환자는 무료로 치료를 해 주었고, 7세 미만의 아동 역시도 무료 시술을 해 주게 되면서 찾아오는 환자들이 줄을 이었다.

그처럼 바쁜 일상 속에서도 보람을 느끼는 것이 치료를 받은 환자들이 완쾌되어 정상적인 모습으로 찾아와서 고맙다는 인사를 하고 갈 때였다.

그 할머니 역시도 치료를 받고 수족을 조금씩 움직이더니 마침
내 혼자 힘으로 일어나 앉고 걷기도 했다.

부산에 살고 있는 딸이 올라왔다가 그렇게 쾌차해진 어머니의
모습을 보고 깜짝 놀랐다면서 그 어머니를 모시고 인사차 들렀다
며 집으로 찾아왔다.

얼마나 반가웠던지 맨발로 뛰어나가 할머니를 맞이했다.

할머니의 딸이 정임을 보고 입인사를 했다.

"고맙습니다. 우리 어머니를 이처럼 걷게 해 주셔서…."

그로부터 완쾌된 할머니는 그 후 동네 경로당에도 나오게 되었
다는 통장의 말도 들었다.

정임의 보람은 그것이었다.

자신이 치료해 준 환자가 차도를 보이고 완쾌되어가는 모습을
볼 때 새삼스럽게 사는 보람을 느끼게 되었다.

그리고 그 인술을 펼치도록 빛과 그림자처럼 지켜주면서 인도해
주는 하늘에 새삼 감사를 하면서 그때마다 '관세음보살'을 찾았
다.

그렇게 하늘에 감사하는 생활로 일관하는 정임에게 있어서 돈이
란 이제 세상을 살아가는 데 필요한 만큼만 있으면 되는 것이라고
생각하기에 이르렀다.

그 동안 부를 축적하기 위해 돈을 좇다가 그토록이나 쓴 고난의
잔을 몇 번이나 거듭 마셨기 때문이다.

그래서 환자가 치료를 받고 완치되어 고맙다는 인사를 하고 몇

닢 주고 가는 것을 보람으로 여겼다.

그리고 가난하고 어려운 사람들에게는 보살행을 하자는 것이 정임의 마음이었고, 또 생활이었다.

무척이나 무덥던 8월 말쯤 되는 어느 오후였다.

복덕방을 하고 있는 동네 아주머니가 아들이 편도선 수술 후 목이 부어올라 음식을 제대로 삼키지 못하고 고통스러워 한다면서 데리고 왔다.

진맥을 했을 때 설상가상으로 소장(小腸)에 열이 급격히 많이 올라 상충관계로 위험했다. 그래서 소장에 열이 내리는 침 시술을 사흘 동안 계속해 주었다.

그러자 소장에 열도 내리고 편도선 수술 후유증도 가라앉으면서 음식을 먹게 되었다고 찾아와서 고맙다는 인사를 하고 갔다.

역시 보람을 느끼면서 뿌듯했다.

9월 초였다.

시집을 잘 가서 무탈하게 잘 살고 있는 줄로만 알았던 다섯째 동생 오례가 뜻밖에 신촌 S병원에 입원했다는 소식이 날아들었다.

달려갔을 때는 의사 진단결과 담낭이 늘어져 뒤집혔다는 것이었다. 그래서 수술 날짜를 잡아 놓고 있었다.

통증이 너무 심해 아무것도 먹지 못한 채 영양주사 링거에 의지를 하고 있었다.

"이 언니가 아무리 집안에서는 별 볼일 없는 사람 취급을 한다지만 어떻게 이리 되도록 연락도 안 하고 그랬는가."

조금은 서운해 하면서 동생의 맥을 짚어보았다.

신장선과 비장선의 맥이 약한 것이 아니라 아예 실맥조차도 뛰지를 않았다.

그런 상황에서 수술을 한다는 것은 위험천만하다는 생각에 제부를 보고 말했다.

"등화불명이라고 집안에서는 알아주지 않는 이 언니 시술이지만 나를 한 번만 믿고 퇴원을 시켜 우리 집으로 데려가세."

"이미 수술 날짜까지 다 잡아놨는데 어쩌시려고요?"

"이대로는 맥이 없어서 수술하면 위험하네. 내 동생 살려도 내가 살리고 죽여도 내가 죽일 테니까 한 번만 믿어봐 주소. 그래도 차도가 없으면 그때 가서 제부 맘대로 하고…."

"그럼, 안 되면 다시 입원을 하더라도 며칠만 치료를 받아보도록 하죠."

겨우 제부를 설득한 정임은 동생 오례를 퇴원시켰다.

그리고 집으로 데리고 와서 신비동침을 시술했다.

잠시 후 동생은 통증이 가라앉는지 잠이 들었다.

그리고 다시 눈을 떴을 때였다.

정임은 담낭의 기를 원활하게 해 주는 침을 놓아주고 식사대신으로 우유를 마시게 했다.

그날 밤 오례는 별 진통 없이 편안하게 잠이 들었다.

비로소 한시름을 놓게 된 정임은 다음날 아침 식사를 하면서 제부를 보고 말했다.

"진통이 멎은 것 같으니까 내 생각은 오늘 병원에 가서 다시 한 번 검사를 받아 보는 것이 좋겠네."

다시 동생은 명동 B병원에서 검사를 받고 돌아왔다.

검사 결과는 이틀 후에 나온다고 했다.

그래서 그 이틀 동안 같은 침을 계속 시술하였고 동생의 상태는 눈에 보이게 호전되어 갔다. 음식도 조금씩 먹기 시작했다.

검진 결과가 나오는 날이었다.

담당의사는 고개를 갸우뚱해가며 담낭에 아무 이상이 없다고 했다. 참으로 기적 같은 사실에 동생 내외는 환호성을 질렀고, 정임은 자신도 모르게 눈물이 솟구치면서 '관세음보살'을 되뇌었다.

정임은 그 일로 인해 집안 식구들로부터 자신의 한방치료 시술을 인정 받게 된 것이 무엇보다도 기뻤다.

그러나 밝음이 있으면 어두움이 있는 것이 자연의 이치이듯이 인생을 살아가는 삶에 있어서도 그런 것 같았다.

박대통령 서거 이후 정권이 교체되면서 한의사협회에서 보건소와 협의하에 경찰서에 진정하면서 무면허 침술원 일제 단속이 시작되었다.

동네에서 이미 입소문이 나 있는 정임은 그 단속의 그물망에서 빠져 나갈 수가 없는 처지였다.

단속반이 집으로 들이닥쳤다.

방에는 치료를 받고 있던 환자도 있었고, 또 마루에서 대기중이던 환자들도 많이 있었다.

　들이닥친 형사들이 영문을 몰라 하는 환자들은 아랑곳하지 않은 채 정임을 연행했다.

　형사 일행은 경찰서 옆 다방으로 정임을 데리고 들어갔다. 그리고 자리를 잡고 앉았을 때였다.

　한 형사가 입을 열었다.

　"아주머니에게 무슨 감정이 있어서 연행한 것이 아니라 주위 한의원에서 두 번이나 고발이 들어와서 저희로서도 어쩔 수 없이 집행하여야 하는 일이니 그렇게 알고 이해하십시오."

　그리고 다시 덧붙여 말했다.

　"사실 아주머니를 수소문하고 뒷조사하면서 감동도 많이 받았습니다. 환자를 치료하다가 실수한 적도 없고, 또 돈 없고 어려운 환자들은 무료 시술도 해 주고 난치병도 많이 고쳤다고 들었지요. 하지만 어쩝니까, 고발이 들어 왔으니…. 업무 보고는 해야 되는 것이고, 그러니 그렇게 알고 이해해 주십시오."

　형사들은 뒷조사를 하면서 감동을 받았다며 점심 식사까지 사주면서 말했다.

　"아주머니는 남이 못하는 선행을 몸소 실천하는 분인데 무면허라는 명분만으로 어떻게 구속을 하겠습니까. 남이 못하는 구제 사업을 하는 분인데, 핫, 핫, 하…."

　오히려 형사들로부터 위로를 받고 돌아온 정임이었다.

　몇몇 환자들은 고맙게도 그때까지 기다려 주고 있었고, 비로소 정임은 안도의 숨을 내쉬었다.

그 사건 이후 한의사협회 마포지부 사무장과 인연이 되었다.

그때 그는 오른쪽 손가락에 마비가 와서 여러 한약방을 전전하면서 치료를 받았는데도 별 다른 차도가 없었다고 했다.

그래서 정임은 환부에 사혈요법으로 시술하고 폐와 대장선의 기혈을 뚫는 침을 몇 번 놓아 주었다.

그러자 마비된 손가락이 거짓말처럼 자유롭게 움직여졌다.

사무장은 정임의 시술이 놀랍다는 듯이 무면허 단속을 하게 한 한의사를 향해 쏘아 올리듯이 말했다.

"허허허…. 이렇게 고쳐야 의사지 간판만 있다고 다 의사냐?"

효험을 본 사무장은 그로부터 그래도 형식적인 면허증은 갖춰야 한다면서 한방서적《한방기준 처방집》외에 많은 한방약 의학서를 구해다 주었다.

그렇게 인연이 된 사무장과는 이삼년을 서로가 도우면서 지내오다가 어느 날 지방으로 발령을 받고 떠났다.

그리고 정임이 다시 남원주택을 얻어 이사를 한 후부터 소식이 끊겼다.

그때쯤 아들 용은 대학 졸업을 앞두고 있었다. 하지만 전공에는 별로 흥미를 느끼지 못한 아들이었다.

그래서 틈틈이 침술과 오행(기본 사주학)을 시간이 있을 때마다 가르쳤다. 어쩌면 인생 살아가면서 도움이 될지도 모른다는 생각 때문이었다.

그렇게 시간이 흐르면서 정임의 생활이 안정이 되어가고 있을 때였다.

같은 동네에 사는 보험회사에 다니는 여자가 있었다. 정임보다 아래로 언니 동생하며 지냈던 여자다.

그런 관계로 조금은 정임의 생활을 알게 되면서 어느 날 조용히 말해 왔다.

"언니는 손님은 많은데 돈 관리가 안 되는 것 같아요. 어렵더라도 단기 보험이라도 하나 들어 목돈을 마련해 두세요. 그래야 아들 장가들 때라도 쓸 것 아녜요?"

생각해 보니 그도 그럴 듯했다.

그래서 약관을 읽어보고 계약서에 도장을 찍었다.

아들이 장가갈 때 조그만 집 한 채라도 사주기 위해서 어렵게 모아 단기 보험도 들었다.

그리고 해가 바뀌어 겨울이 저만치 뒷자락을 흔드는 2월 말, 어느새 아들 용이 대학을 졸업하게 되었다.

날씨는 여전히 춥고 싸늘했다.

그때 미국으로 시집을 갔던 성애의 신랑이 평택비행장으로 발령을 받고 근무를 하게 되면서 성애도 그날 함께 졸업식장에 가게 되었다.

졸업식장에서 의젓하게 검은 망토와 사각모를 쓰고 앉아 있는 아들 용의 모습에 지난날의 아픔이 새삼 뒤척여지는 정임이었다. 아들을 바라보고 있는 두 눈에서 소리 없는 눈물이 자꾸만 흘러 내렸다.

지난날 그처럼 의지할 곳 없어 부산 생활을 할 때 용을 낳고 사경을 헤매면서 그 아들 용이 건강한 모습으로 성장하는 것만 보고 죽어도 소원이 없을 것 같다고 생각했던 일이 바로 어제 일만 같았다.

그런데 오늘, 수 없이 밀려왔다가 밀려가는 파도 같은 정임의 생활 속에서 고맙게도 아무 탈 없이 그렇게 건강하게 자라준 아들 용이 오늘은 대학 졸업장을 받게 되다니, 졸업식장에 앉아있는 정임의 가슴은 세상을 통째로 얻은 듯 뿌듯한 기쁨에 차 있었다. 그야말로 말로는 표현할 수 없는 감격 그것이었다.

자식 다섯을 낳았지만 모질게도 밀려왔다가 밀려가는 파도타기 운명을 타고나 제대로 품에 안고 기른 자식이라곤 용이 하나뿐이었고 보면 남다른 감회가 밀려올 수밖에 없었다.

새삼 지난날의 아픔이 뒤척여지면서 졸업식이 끝나고 축하를 해주러 온 친척들과 기념촬영을 할 때 정임의 감회는 더욱 남다른 것이었다.

그날 저녁 오래간만에 딸 내외와 일가친척 식구들이 한 자리에 모여 저녁식사를 하게 되었다.

미국 사위와는 말이 통하지 않아 손짓과 몸짓으로 의사소통을 하면서 한바탕 웃음이 흐드러지기도 했다.

그렇게 만족한 웃음으로 가족들이 한 자리에 모여 식사를 하게 된 것은 정임이 태어나고 처음 있는 일로 살다 보니 이런 날도 있는가 싶을 정도였다.

그렇게 대학을 졸업한 아들 용은 그 해 5월, 대한민국 국민으로서의 의무를 다하기 위해 군에 입대했다. 집을 떠나면서 용은 그동안 쓸쓸하게 지낼 어머니가 벌써부터 마음에 걸리는 듯 웃음을 안겨 주려고 차렷 자세로 인사를 했다.

"어머니! 이 아들 평상시 학교에 다녀오듯 군대에 다녀오겠습니다!"

그 의젓한 모습 앞에서 정임은 애써 눈물을 감추고 웃으면서 말했다.

"그래, 조심해서 잘 다녀와."

그렇게 아들을 떠나보낸 정임은 갑자기 밀려오는 적막감에 휴지한 통을 눈물로 다 적셔냈다.

군에 입대한 용은 논산이 아닌 의정부에서 훈련을 마치고 포천 76연대로 배치를 받아 갔다.

그리고 어찌된 일인지 소식이 없었다.

그러던 7월 말쯤이었다. 그날도 환자들이 찾아와 응접실에서 대기 상태였다. 그 속에 군복을 입은 중사 한 명이 들어와 환자들과 함께 대기하고 있었다.

정임은 군복을 보자 갑자기 아들 용의 얼굴이 떠오르면서 그 쪽으로 눈길이 갔다. 그때 그 중사가 벌떡 일어나 경례를 붙이면서 인사를 해 왔다.

"곽옥수 소대장 인사드립니다!"

그는 휴가를 나와 아들 용의 소식을 갖고 짐짓 찾아 온 그 부대원 중사였다.

그를 통해 비로소 아들 용의 소식을 들을 수 있었다. 다음 주 토요일에 면회를 할 수 있다고 했다.

그 토요일을 기다리는 정임의 마음은 마치 어렸을 때 명절 아침을 기다리던 어린아이처럼 들떠 있으면서 환자 예약을 뒤로하고 시장을 봐다가 부대에 가져갈 음식을 장만했다.

그리고 토요일 아침 연락을 받고 달려온 친척들과 함께 아침 일찍 그 군부대를 향해 출발했다.

부대는 포천 칠봉산 중턱 회암사 절이 있는 아래에 위치해 있었다. 정문에 도착하고 면회를 신청한 얼마 후였다.

이윽고 아들 용이 그 부대 소대장과 함께 모습을 나타냈다.

용은 보지 못한 그 몇 개월 사이 집을 떠나던 얼굴 모습과는 전혀 달랐다.

햇빛에 그을린 얼굴이 구릿빛으로 늠름하게 변해 있었다. 그 모습이 과연 정임의 아들 용인가 싶을 정도로 감개가 무량해졌다.

정임은 외출 허가증을 받고 나온 용과 하룻밤을 지내면서 그 동안 아들의 훈련소 생활 이야기를 들을 수 있었다. 용의 군대 생활은 정임이 염려했던 만큼 힘들지 않다는 이야기였다.

틈이 나면 부대원들의 생년월시를 물어 어머니에게 배운 사주도 봐주면서 그 부대 안에서 인정을 받고 생각보다 편하게 군대 생활을 하고 있다고 말했다.

마음이 놓였다.

그러면서 아들 용에게 그 사주역학을 배우게 했던 것이 도움이
된 것이라고 함께 웃었다.

그 첫 면회를 하고 한 달쯤 지났을 때였다.

용으로부터 긴급한 서신 연락이 왔다.

내용은 부대원 하나가 훈련도중 발목을 크게 다쳐 왕진 치료를
부탁한다는 내용이었다.

토요일 오전, 정임은 음식을 준비하고 침 도구를 챙겨 부대로 향
했다. 계절은 벌써 가을로 접어들어 아침 산 공기가 더 없이 맑고
상큼했다.

부대 정문에서 아들 용의 면회를 신청했다.

얼마 후 용은 발목을 다쳐 한쪽 발을 절름거리는 그 부대원과 함

▲ 군부대에 직접 방문하여 한방치료 봉사를 하던 정임의 모습

께 모습을 나타냈다.

그 부대원을 치료하기 위해서는 그 부대 근처에 방을 얻어야 했다. 바쁘게 방을 얻고 그 병사를 치료하기 시작했다.

다친 발목의 환부가 퉁퉁 부어올라 있었다.

정임은 사혈부항요법으로 어혈이 맺혀 있는 것을 모조리 빼내고 신방광이 허약해져 있어 보호를 해 주는 침을 시술했다.

그렇게 하룻밤을 보내고 그 이튿날 아침, 다시 그 같은 방법으로 병사의 발목환부를 치료했다.

그러자 면회 당시 목발을 짚고 나왔던 병사는 조금은 절름이긴 했지만 목발 없이도 걸을 수 있을 것 같다면서 돌아갔다.

그리고 3일 후였다.

그 부대에서 전화가 걸려왔다.

치료를 받았던 그 병사의 목소리였다.

"어머니 고맙습니다. 어머님 덕분에 이제 다시 정상으로 걸을 수 있게 되었습니다. 수고하셨습니다."

그 사실이 부대 전체에 알려지면서 정임은 부대장의 초청을 받게 되었다.

그로부터 내무반으로 안내되어 사병치료를 부탁받게 되면서 토요일이면 어김없이 부대에서 차를 보내왔다.

그렇게 해서 아들 용의 부대원 전문 치료사가 된 정임이었다.

부대원이 훈련을 나가면 전방 철책선까지 나가 치료를 해 주고 돌아오곤 했다.

그것이 정임의 외로운 생활 속에서 유일하게 기다려지는 보람이
었고 또한 기쁨이었다.

그러한 정임의 부대원 치료 시술은 드디어 연대와 사단에까지
알려지게 되었고 장교 및 그 부인들의 난치병까지도 의뢰를 해오
기 시작했다.

그 초청은 참으로 뿌듯한 보람을 느끼게 해 주었다. 그렇게 군부
대를 출입하는 동안 정임은 사병들과 친해졌다.

이제는 부대가 낯설지 않게 되면서 내무반쪽으로 걸어가다 보면
홀라당 벗고 목욕을 하던 사병들이 아랫도리에 덜렁 매달린 물건
을 감추면서 웃을 때면 함께 따라 웃어 주기도 했다.

그렇게 군부대 치료사로 알려지게 된 정임은 치료에 쫓길 때면
사병들과 함께 짬밥을 먹기도 했다. 그러면서 가족처럼 친해졌다.

주말이면 부대 내무반에서 부상당한 병사들을 치료해 주면서 아
들과 함께 지낼 수 있게 된 것이 무엇보다도 큰 즐거움이었다.

그러한 정임의 헌신적 모성애(母性愛)로 용은 제대를 앞두고 사
단장으로부터 표창장을 받기도 했다.

그 일은 정임이 살아오는 동안 가장 보람되고 행복했던 기쁨이
었다.

빛과 그림자처럼

　군복무를 마치고 나온 아들 용은 취직을 하기 위해 여러 번 면접 시험을 보고 합격했다.

　그러나 모두 영업직이어서 포기하고 결국 도자기 표면 디자인 개발업체에 취직을 하여 디자인실에서 근무하게 되었다.

　그 동안 정임은 계도 들어 2,700만원을 손에 쥐게 되면서 그 이듬해 큰집을 마련하기 위해 두리번거리고 있을 때였다.

　우연하게 한 건축업자를 소개 받게 되었다.

　그는 정임이 살고 있는 집 앞에 다세대 주택을 건축하려고 한다면서 완공되면 한 세대를 분양해 준다는 것을 조건으로 건축 자금을 지원해 줄 것을 요청했다.

　공사현장이 바로 집 앞이었고, 또 신원도 확실했으며, 보증인도 믿을 만한 사람이어서 1차적으로 1,500만원을 투자해 주었다.

그러나 공사 진행이 예상보다 자꾸만 늦춰졌다. 이유는 건축공사 현장이 비탈진 곳인 데다가 축대도 오래되어 예상 밖으로 돈이 들어갔다.

뿐만 아니라 주위 건물 주민들이 그 공사로 인한 피해 보상비 문제를 들고 나오면서 인부들의 인건비 문제 등으로 공사가 예상보다 2,3개월이 지연되고 있었다.

그래서 정임은 건축업자에게 다시 1,000만을 투자하게 되면서 공사는 순조롭게 진행되었다. 그리고 마침내 반듯한 다세대 주택 3동이 완공되면서 준공허가를 기다리고 있을 때였다.

그런데 다시 충격적인 놀라움에 경악을 하게 됐다.

준공허가도 나오기 전에 분양이 다 끝나고 모두 입주해 들어와 있었다. 당장 건축업자를 찾아가 약속과는 다름을 추궁했다.

건축업자는 미안하게 됐지만 자금 사정상 어쩔 수 없는 형편이었다고 너절한 변명을 늘어놓았다.

너무나 큰 배신감에 분하고 억울했다.

하지만 달리 어쩔 수가 없었다. 담판 끝에 겨우 다세대 지하에 입주하도록 해 주겠다는 것이었지만, 그 또한 이미 들어와 살고 있는 사람을 내보내야 하는 실정이었다.

하지만 당장 이사 비용도 없다는 어려운 형편이었다.

할 수 없이 이사 비용 200만원을 건네주고 겨우 그 지하실이라도 차지할 수 있게 되었다.

그러니까 16년 만에 내 집 마련의 꿈은, 그토록 옹색한 다세대

주택 지하실을 집이라고 겨우 마련하고 들어갈 수밖에 없었다.

그 당시 아들 용은 등촌동에 있던 회사가 안산으로 옮기면서 출퇴근이 너무 멀어 회사를 사직했다. 그리고 을지로에 조그만 기획 사무실을 열어 운영하고 있을 때였다.

뜻밖에 부산에서 용이 아버지가 운명하셨다는 비보가 날아들었다. 정임은 아들 용이를 데리고 부산으로 향했다.

고인의 빈소는 큰 아들 성수의 미술학원에 차려져 있었다.

이제는 자녀들이 모두 성장하여 그런대로 자립을 하고 있었던 관계로 문상객들이 줄을 이었다.

빈소에 놓인 고인의 영정 사진 앞에서 고인의 죽음을 애도하는 아들과 며느리들이 눈물을 흘리고 있었다.

하지만 정임은 어찌된 일인지 한 방울의 눈물도 나오지 않은 채, 지난날 그처럼 가슴 젖어 살아오던 순간들이 새삼 주마등처럼 펼쳐지면서 그 아픈 기억 속에 우두커니 말을 잃고 앉아 있었다.

고인의 갑작스러운 임종 사인(死因)은 그날도 친구들과 등산을 하고 하산하다가 주막에 들러 약주를 하고 내려오다가 갑자기 쓰러져 병원으로 옮겨졌으나 그대로 운명한 것이라고 했다.

3일장으로 출상을 하던 날이었다.

장례준비를 마치고 삼랑진 장지로 가기 위해 상주들이 장례차에 오르려고 막 문을 열었을 때였다. 언제 어떻게 들어갔는지 시커먼 구렁이 한 마리가 차 안에서 끔찍하게도 혀를 널름거리며 또아리를 틀고 있었다.

구렁이는 경악을 한 상주들과 이삼십 분 가량 실랑이를 하다가 마침내 그 옆 하수도 속으로 빠져 들어갔다.

그야말로 TV 드라마 〈전설의 고향〉에서나 볼 수 있는 끔직한 광경이었다.

고인은 그 참변을 당하기 석 달 전, 그의 운명을 예감했었던 것인지 고향인 삼랑진에 500평 남짓한 묘자리를 사 두고 왔었다고 가족들이 말했다.

차가 장지에 도착해서 하관을 할 때였다.

고인은 남아 있는 식구들과의 정을 끊고 가려고 했던지 역겹게 시신 썩는 냄새를 확 풍겼다. 모두들 코를 움켜쥐었다.

식구들이 장례를 치루고 돌아와서였다.

얼마 되지 않은 유산은 어려서부터 집안의 문제아였던 셋째 상수에게 보내기로 형제들의 의견이 모아졌다.

그 당시 상수는 오징어 배를 타고 어업도중 실명을 하여 대구 팔공산에 있는 요양원에 보내져 생활하고 있다고 했다.

그리고 형제들은 배는 다르지만 아직 장가도 들지 않은 막내 용이 마음에 걸렸던지 장가들 때 혼수비용으로 쓰라면서 삼백만원을 챙겨 주었다. 작은 정성이지만 가슴이 뭉클해 왔다.

고인의 장례를 치루고 정임은 지난 아픔의 시간들을 훌훌 털고 아들 용과 함께 서울행 기차에 몸을 실었다. 그러나 용은 그 뿌리를 묻고 돌아오는 기분이 착잡한 모양인지 서울에 도착할 때까지 한 마디 말도 없이 얼굴 표정이 그늘져 있었다.

하지만 다시 정상 생활로 돌아와 열심히 직장에 충실했다.

그리고 그런대로 자리를 잡아가면서 이제 짝을 지어 결혼을 시켜야겠다는 생각으로 정임은 어느 날 아들을 불러 앉히고 말머리를 꺼냈다.

"너도 이제 결혼할 나이도 됐고, 가정을 이뤄야 되지 않겠냐? 혹시 사귀는 아가씨는 없는 거여?"

"왜요, 참한 아가씨라고 누가 소개해서 두어 번 만나 본 적은 있지요. 하지만 꼭 결혼을 해야 된다는 생각은 아직 없드라구요."

"생각이 없다니? 맘에 안 든겨?"

"우리 집안 형편도 그렇고……."

"집안 형편이 어때서? 신랑 제대로 대학 나와 반듯한 직장 있고 들어오고 나갈 집 있으믄 된 거 아녀?"

"그보다는……."

"으응, 그러니께 떳떳하게 내놓고 자랑할 만한 집안 사정이 못된다 그 말이냐? 흥! 개천에 나도 다 제 날 탓이라는 속담도 있는겨. 아무리 미천한 집안에서라도 제 자신만 잘나면 얼마든지 훌륭한 인격자가 될 수 있다는 말인디, 지금이 어느 때라고 이조시대 소리하고 앉아 있는겨?"

"… 결혼한다고 꼭 행복해진다는 보장도 없잖아요?"

"그래, 행복해진다는 보장은 없지. 하지만 결혼은 해도 후회하고 안 해도 후회한다고 했어. 그러니께 하고 후회하는 편이 났다는 거지. 그럼 그런 결혼 왜 하냐고 묻겠지만, 그것이 사람으로 태어난

도리라는 거여. 그래서 옛날 어른들은 제아무리 나이를 먹었어도 총각으로 호패를 못 차고 있으면 어른 대접을 안 하고 반말을 했다는거. 나도 이제 내년이 환갑이여, 며느릴 봐야 안 쓰겄냐? 잘 생각해서 우리 형편에 맞는 아가씨를 찾아보아."

그렇게 아들 결혼에 대해서 이야기를 꺼낸 그 이듬해였다.

아들 용이 결혼할 마음을 굳혔는지 어느 날 결혼하겠다는 아가씨를 선보이기 전에 말했다.

"전에 두어 번 선을 본 그 아가씨예요. 어머니 맘에 드실런지 한 번 보세요."

반가웠다. 그래서 그 아가씨를 약속장소에서 대면했다. 이목구비가 반듯한 아가씨였다. 25살이라고 했다. 무엇보다도 혼탁한 세상 때가 묻지 않은 참한 얼굴이 마음에 들었다.

아들과는 천생연분이라는 생각에 결혼 날짜를 그해 11월 20일로 잡아 결혼식을 올렸다.

그러니까 정임의 환갑 해에 아들 내외의 백년해로 결혼식을 올리게 되면서 그 결혼잔치로 더 없는 기쁨을 만끽했다.

관상 그대로 복 있는 며느리가 들어온 때문이지 손님도 많았고, 세 식구가 열심히 한 마음으로 알뜰히 저축을 하면서 그 이듬해 집을 넓혀 갔다. 3층 가옥에 2층 집으로 방 3개와 거실 공간이 넓은 집이었다.

그리고 근사한 자가용도 한대 뽑았다.

손님은 여전히 많았고, 세 식구가 알뜰히 모은 관계로 그만하면

남부럽지 않은 여유 있는 생활을 하게 되면서 호사다마(好事多魔)
라고 하던가?

정임은 산신 기도를 드리기 위해 태백으로 갔고, 며느리는 친구
들과 관광차 제주도 여행을 떠났었다.

그런데 빈 집인 것을 어떻게 알았던지 아들이 퇴근을 하고 집에
돌아왔을 때는 도둑이 들어와 아들 내외 결혼 예물은 말할 것도 없
고 온통 집을 뒤집어 서랍에 넣어둔 현금 오백만원까지 몽땅 들고
가버렸다. 물론 경찰에 신고를 했지만 허사로 지문 채취 등 소란스
럽기만 했다.

도둑이 들어왔다가 나간 집이어서 그런지 정이 붙지 않았다.

이듬해 봄, 급매로 나왔다는 집을 사서 옮겼다. 단독 주택으로
대지 36평에 건평이 24평이었다.

집을 다시 새 단장하고 도둑의 손이 스쳤던 옛 물건들은 모두 없
애고 의료 기구와 그에 관한 서적만 남기고 모두 새로 들여왔다.

새 살림에 새 마음으로 생활을 시작하면서 어느덧 정임의 나이
칠십으로 머리에는 백발이 휘날렸고, 얼굴에는 인생을 살아온 주
름살이 겨울나목처럼 나이테를 그려 놓으면서 뭉클한 서글픔을
자아내게 했다.

1997년 10월, 드디어 아들 내외는 어머니의 칠순잔치를 준비하
고 친척들에게 알렸다.

이윽고 동생과 조카들, 그리고 부산에 있는 용이 형제들까지 모

두 상경했다. 특히 큰 아들 성수는 아버지 별세 이후, 통도사 관할 죽림서원의 큰 스님이 되어 바쁜 일정 중에서도 장삼을 걸치고 올라와 참석해 주었다.

그날 행사장으로 아들 용이 야윈 어머니 정임을 등에 업고 들어섰을 때였다. 축하객들은 모두들 입구에 나와 박수를 보내며 굽이굽이 눈물로 살아온 정임의 칠순잔치를 진심으로 축하해 주었다. 참으로 형언할 수 없는 뜨거운 눈물이 주체할 수 없이 두 볼을 타고 흘러 내렸다.

어떻게 살아온 70년 세월이던가?

그러나 이제 그 세월을 뒤돌아보는 행사장에서 아쉬움이라면 큰 딸 수복이 제주도로 건너갔다는 소문과 함께 행방이 묘연했고, 성애의 언니 명애는 나이 스물셋이 되어서야 잠깐 얼굴을 한 번 보여주고 그대로 소식이 끊긴 채 소식이 없었으며, 또 성애는 그 당시 미국에서 생활하고 있었기 때문에 참석을 하지 못한 것이 못내 아쉽고 서운했다.

그러나 정임의 칠순잔치에 참석하지 못했던 성애는 1999년 초여름, 어머니를 초청했다.

그러니까 1994년에 초청을 받고 다녀온 이후 두 번째였다.

초청을 받고 말로만 듣던 국제도시 마이애미, 헐리우드, 뉴욕의 자유여신상 등을 구경했다.

그것을 보고 늦복이라고 하는 것인지 몇 주일이 지나자 한국에 두고 온 아들 내외가 보고 싶어서 견딜 수가 없었다.

정임은 서둘러 귀국했다.

그리고 2000년 5월, 외손녀인 엔지가 방학을 이용해 어머니 성애
의 모국인 한국을 관광차 방문했다.

처음 미국을 방문했을 때 중학생이던 엔지가 어느새 대학생으로
제법 숙성한 처녀티를 풍겼다.

그날 공항에는 연세대 대학원에 재학 중인 한 여대생이 미국 교
환학생으로 가 있을 동안 친교를 맺었던 엔지를 마중 나와 있었다.
그 여학생이 먼저 나와 있어 준 덕분에 엔지와의 의사소통에 별무
리가 없었다.

그래서 정임은 엔지를 데리고 국내 관광명소를 구경시켜 주면서
손짓 발짓으로 의사소통을 하다가 폭소를 터뜨리기도 했다.

그렇게 외손녀 엔지와 함께 여행을 하며 지내는 즐거운 시간은
빠르게 지나갔다.

엔지가 출국할 날이 며칠 남지 않았을 때였다. 성애로부터 전화
가 걸려왔다.

"엄마! 엔지가 귀국할 때 엄마도 함께 들어왔으면 좋겠어요, 더
나이 드시기 전에……."

그래서 정임은 조금이라도 거동이 불편하지 않을 때 한 번 더 다
녀오기로 하고 엔지와 함께 미국행 비행기에 몸을 실었다.

처음 미국행 비행기를 탔을 때와는 달리 지루하지 않았다.

새로 이사를 했다는 성애 집은 뉴욕에서 4시간 정도 떨어진 '시
라크 유라카'에 있었다. 석양이 질 무렵 달리는 4차선 도로변에 끝

없이 펼쳐진 초원 위에 사슴과 공작새들이 한가롭게 노니는 모습들이 더 없이 평화로워 보였다.

마침내 성애의 집에 도착했다.

그 지역은 한인들이 그다지 많이 살고 있지 않은 곳이었다. 그곳에서 성애는 미용실을 운영하고 있었다.

손님들은 거의가 먼저 예약을 하고 왔기 때문에 시간을 조절해 쓸 수가 있었다.

그래서 성애는 정임의 수족처럼 모시고 다니면서 여기저기를 구경시켜 주었고, 주말 저녁이면 주위 한인들과 친목을 도모해서 정규적으로 모임에 함께 나가 야구 볼링 등을 하며 즐기는 것을 구경하기도 하고, 한국식당에 들어가 저녁식사가 끝나면 모여 앉아 고스톱을 치기도 했다.

그렇게 그곳 한인들과 어울리게 되면서 정임은 자연스럽게 통증을 호소해 오는 환자들을 치료해 주고 많은 입인사의 치하를 받기도 했다.

선진국 미국이라는 나라는 국민 노후연금제도가 잘 되어 있어서 노인들의 천국이라고 할 만큼 생활에 걱정이 없었다. 정신적으로 모두들 여유로워 보였다.

그곳에서 6개월을 지내는 동안 정임은 몇몇 교포 노인들과 자주 어울리면서 서로가 이런 저런 이야기로 시간 가는 줄을 몰랐다.

그런 어느 날 정임은 그곳에서 사귄 교포 노인들에게 초원에 지천으로 널려 있는 나물을 캐러 가자고 제안했다.

그러자 모두들 지난날 고향에서 나물을 캐던 추억을 생각하고 나물 보자기 대신 조그만 손가방을 들고 따라 나왔다.

날씨는 청명했다.

정리된 듯한 미국의 도로변 초원 위에는 고사리 달래 같은 산나물들이 지천으로 널려 있었다.

서로가 지난날 고향에서 있었던 어린 시절의 추억을 회상하고 되새김질하면서 나물을 꺾기 시작했다.

손에 들고 나간 큰 비닐 봉투에 고사리, 달래가 가득해져서 더 이상 꺾을 수가 없었다.

모두들 낭창하게 캔 나물 가방을 들고 한인식당으로 들어가 식사를 마친 후 모두들 아쉽게 헤어졌다.

그곳에서 정임은 73세의 생일날을 맞게 되었다.

성애의 주선으로 생일 축하 파티가 열렸다. 그처럼 많은 생일 선물을 받아 보기는 이 세상에 태어나 처음 있는 일로 너무나 즐겁고 흐뭇한 시간이었다.

그토록 즐거웠던 시간들을 영원히 잊을 수 없는 추억으로 간직하고 정임은 다시 귀국길에 올랐다.

칠십 평생을 살아오면서 남들처럼 평탄하지 못했던 정임은 뒤늦게 남들이 쉽게 하지 못하는 미국 여행을 즐기고 돌아오는 기내에서 지난날의 슬픔과 오늘의 기쁨이 한데 어우러지는 미묘한 감정에 살포시 눈을 감았다.

아들과의 대화

비행기가 인천공항에 도착했을 때는 아들 내외가 마중을 나와 있었다.

"즐겁게 지내고 오셨어요? 누님 식구들도 다 편안하시죠?"

어머니의 가방을 받아들면서 아들 용이 하는 말이었다.

"그래, 해준 것도 없는 이 에미가 염치없이 호강만 받고 왔다. 다음에는 느그 내외랑 함께 오라고 그러드라. 참말로 개천에서 용이 난다더니 느그 누나가 그렇게 훌륭한 사람으로 교포사회에서 인정받고 살 줄을 누가 알았겠냐."

"그것이 어머니 사주에 타고난 늦복 아니겠어요? 젊어서 고생은 하셨어도……."

"그거이 다 부처님 가피 아니겠냐. 넘어지고 깨지면서 참말로 죽고 싶었을 때가 한두 번이 아니었는디…. 살고 본께 계란처럼 잘

"가는 세월이 아쉬워···" 1965.6.10

깨지는 것이 사람 계획이고, 그러면서 바위처럼 단단해지는 것이 사람이더라. 그래, 이 세상 산다는 것이 부처님이 말씀했듯이 고통의 사바세계라. 그러니께 그 아픔을 통해서 인간 영혼이 성숙해진다는 것이 부처님 말씀인디 사람 마음이 어디 그러냐? 누구든지 좋은 부모 밑에 태어나서 한평생 호강하면서 잘 살고 싶지, 고생하면서 살고 싶은 사람이 어디 있겠냐. 그런디 부처님은 그런 중생들에게 그 본을 보이시려고 그 높고 귀한 부귀영화 다 버리고 중생들아! 아침이슬 같은 목숨 세상 것 탐하지 말고 속사람 영혼이 해탈 득도하는 진리를 찾아 몸과 마음을 닦아라, 하고 보여준 것이 바로 그 부처님 수행식이 아니었건냔 말이여."

"그래서요?"

"허긴 나도 그 전에는 사는 것이 하도 고달픈께 부처님 법당을 찾아가서 팔자 궂은 이 중생 제발 남들처럼 복 좀 달라고 싹싹 빌었어야. 그란디 언제나 내려다보고 암말 없이 웃고만 계시는 거여. 그러니께 부처님 수행법을 바로 알지 못했던 거지."

"그럼 이제 그 수행법을 알게 되셨단 말씀인가요?"

아들 용이 운전대를 잡고 웃으면서 물어 오는 말이었다.

"그려, 부처님이 중생들에게 가르쳐 주신 법시는 세상 부귀영화를 기원하라는 것이 아니라 인간 목숨 살아 있는 동안 겪는 고통을 통해서 못다 닦은 인간 영혼을 성숙시켜 오라고 세상에 연을 맺고 그 텃밭으로 보내진다는 것인디, 좀 고통스러워야 말이지. 그래 입투정이 엄니 아부지는 뭣 할라고 호강도 못 시킬 자식은 낳아가꼬 이 고생을 시키는고, 하고 원망도 참 많이 했어야. 인연법으로 만나진 것도 모르고……. 그란디 부처님 법시가 무엇인지 제대로 알게 됐지 뭐냐. 그것도 부처님 가피겠지만……. 하긴 그 인연도 전생에 지은 복덕이 있어야 만나진다고 허드라."

사실 정임이 부처님께서 중생들에게 가르치고자 했던 법을 제대로 깨닫게 된 것은 우연한 것 같지만 결코 우연이 아니라는 것이 부처님의 말씀이었다.

2004년 정월이었다. 법화경사에 다닌다는 불심(佛心)이 아주 좋은 신도 한 분이 치료를 받으러 왔다.

치료를 받으러 다니면서 그 신도는 법화경 내용에 대해 설명을 해 주곤 했다.

역시 같은 불심을 가지고 있었던 정임은 이심전심으로 거기에 귀를 기울이게 되면서 법화경 책을 부탁했다.

다음날 그 신도는 고맙게도 법화경 책을 구해다 주었다. 법화경
은 부처님의 마지막 설법으로 말법(末法)시대가 도래(到來)하면
인간 세상을 정법(正法)으로 다스리고 구원할 구주미륵님이 출현
하신다는 예언으로 기독교 성경 〈요한계시록〉이나 마찬가지 내용
인 것이었다.

그 법화경 첫 장에는 도림 큰 스님께서 직접 써 주신 사인과 정
임의 법명이 적혀 있었다.

'무량화' 였다.

몸과 마음을 경건히 하고 법화경을 열 번 읽고 다섯 번을 사경했
다. 그리고 날을 정해 며느리와 함께 도림스님을 찾아갔다.

그 날은 평일 날로 법회가 없었던 관계로 법화정사는 한가했다.
입구에서 스님 뵙기를 청했다.

잠시 후 간사가 나와 스님이 계신다는 3층으로 뵙기를 청하는 정
임을 안내했다.

3층으로 걸음을 옮겨 막 들어섰을 때였다.

스님은 정임을 보자 방문턱까지 달려 나와 "관음보살님!"하고
합장재배를 하는 것이 아닌가.

정임은 너무나 황송해서 몸둘 바를 모른 채 두 손을 합장하고 같
이 따라서 예를 올렸다.

그리고 자리에 좌정하고 정임이 먼저 입을 열었다.

"스님, 어쩌자고 민망스럽게 먼저 예를 올리셨습니까?"

"아, 네. 요즘 부쩍 몸도 안 좋고 해서 오일 동안 관음 기도를 드렸지요. 그 기도를 어제까지 마치고 관음보살이 현신하기를 소망하였는데 보살님께서 그 첫 번째로 왕림해 주셨으니 관음보살로 믿고 예를 갖춘 것입니다."

그때서야 궁금증이 풀린 정임은 다시 고개를 숙여 합장을 했다.

그리고 스님의 안위를 살폈다. 스님의 말씀대로 건강이 무척이나 안 좋아 보였다.

정임은 며느리를 시켜 집에 가서 의료도구를 챙겨 오도록 시켰다.

그리고 얼마 후 며느리가 의료도구를 가져와 펼쳤을 때 스님은 어깨며 등 할 것 없이 불편한 부위를 말해 주어 치료를 하기 시작했다.

스님은 치료를 받으면서 말했다.

"찾아오는 신도들 중에는 의학박사도 있고 한의사도 있지만 이렇게 몸을 맡기고 치료를 받기는 처음입니다. 허허허……."

정임은 스님의 뒷목에 굳어진 어혈을 부항 사혈요법으로 치료한 후 침으로 전체적인 기혈을 뚫어주는 시술을 했다.

그러면서 정임은 '무량화' 법명에 대한 궁금증을 꺼냈다.

그러자 스님께서는 그 '무량화'란, '끊임없이 무한히 빛나라는 것'임을 말씀해 주었다.

그런 도림스님께서는 불타 버린 어느 사찰에서 그 법화경을 발견하여 현대인들이 이해하기 어려운 문구를 알기 쉽게 정립하고

찾아오는 수많은 신도들에게 그 설법을 전하게 되면서 번역하여
지금은 세계적으로 전파되었다고 했다.

스님은 그 법화경을 접한 신도들에게서 기적 같은 많은 일들이
일어난다고 덧붙여 말했다.

"기적 중에는 우주보다도 한 생명이 크다는 인간 마음이 변화를
일으키는 것이 가장 큰 기적이 아니겠습니까. 그 기적을 일으키기
위해서 부처님께서는 세상에 출현하셨고, 또 중생들이 그처럼 바
라고 소원하여 빌어대는 인간 세상 부귀영화 그거 다 부질없는 것
이다, 하고 그 황태자 자리도 버리고 구도자로 영혼을 닦는 수행자
의 모습이 이런 것이니라, 하고 그 모델을 직접 몸소 중생들에게
보여 주었으니까요. 그런데 오늘 소위 불제자라고 자처하는 신도
들 그 기도발원 목적이 세상 부귀영화를 추구하고 기원하는 것이
고 보면 부처님이 내려다보고 뭐라고 하겠습니까?"

"……."

"이 어리석고 무지한 중생들아! 나는 최고의 영화를 누릴 수 있
는 황태자 자리도 다 버리고 걸식하는 바리때 하나만 손에 들고 궁
궐을 나왔느니라. 그런 나에게 와서 무엇을 도와달라고 빌어대느
냐. 진정으로 너희가 내 법을 알았더라면 세상 탐욕으로 가득 찬
너희 물질 욕심 마음을 비우고 그 마음에 부처를 향한 거짓 없는
촛불을 밝혔을 때 비로소 너와 내가 하나 됨을 알 것인데 무얼 더
바라고 빌겠느냐. 이 어리석고 무지한 중생들아! 내가 어디 떠도는
영가 귀신이나 접한 무당인 줄 아느냐, 음식 차려다 놓고 빌어대

게? 이 말씀 아니겠습니까, 허허허……."

그렇게 간략하게 부처님께서 인간 중생들에게 전해 주고자 했던 뜻을 설명해 주는 도림스님이었다. 그래서인지 도림스님은 젊은 나이에도 불구하고 불교계의 몇 번째 안에 손꼽히는 거목(巨木)으로 많은 신도들로부터 추앙을 받으면서 사견이 없는 부처님의 정심(正心) 정도(正道) 정법(正法)을 찾아오는 신도들에게 가르치면서 그것이 수행하는 진정한 부처님의 제자로서 구도자의 모습임을 보여주고 있는 것이었다.

그렇게 큰 도림스님과 인연을 맺게 되면서 다음날 스님께서 집으로 치료를 받기 위해서 방문하였다.

마침 그때 치료를 받기 위해서 찾아와 대기중이던 환자들 중에는 불제자들이 있어 모두 일어나 스님께 합장하고 삼배를 올렸다.

그날 치료를 받은 스님께서는 정임이 살고 있는 집터의 기운에 대해서 한 말씀하시고 환자들 앞에서도 정임의 몸 수호신장에 대해서도 말씀하셨다.

"여러분! 보살은 보살을 알아본다고 했습니다. 각 사람마다 몸과 마음을 주관하는 몸신장이 있게 마련이지요. 다만 그 영혼 성숙도에 따라서 이 세상에 와서 크고 작은 일을 맡아 하는 각 사람의 사명이 다르듯이 그 운명의 척도에 따라서 관장하는 신이 각자 다르게 마련인데 무량화 보살님께서는 약사여래 신장님께서 수호를 하고 있어서 질병으로 고통을 받고 있는 중생들의 아픔을 듣고 치료해 주라는 그 사명을 받고 현신한 약사여래 관음보살님이십니다. 관음(觀音)이라 함은 글자 그대로 보고 들어 살피면서 중생들의 아픔을 치료해 주라는 사명을 받고 극락정토 세계에서 보내진 신장이지요. 허허허……."

"……."

"그러니까 세상 사람들은 각기 그 영혼 성숙도에 따라서 몸을 주관하는 신이 있게 마련이라, 인간들이 천층 만층 구만층으로 그 사고하고 행동하는 인격이 다르듯이 신들의 세계도 각기 그 기능이 다르고 해서 그걸 통칭해서 만신 부림을 받는다고 하지요. 그런데 세상을 살면서 영혼이 성숙되지 못하고 물질 탐욕으로 못된 짓만 하다가 죽은 인간 영혼이 어디를 가겠습니까?"

"… ?…."

"그런 영혼들이 바로 저승길을 가지 못하고 구천 하늘을 떠도는 영가로 귀신이라고 하지요. 그런 음탕한 귀신이 떠돌다가 저하고 파장이 같은 사람 몸을 마치 제 집처럼 들락거리면서 살았을 때나 마찬가지로 그 몸을 부리면서 못된 장난질을 하는데 보편적으로 무질서한 무속인들 중에서 그 귀신놀음하는 것을 볼 수 있지요. 그래서 부처님께서 하신 말씀이 그렇게 더러운 영가 귀신들이 들어와 몸을 부리지 않도록 각 사람 마음을 부처님의 법당으로 삼고 늘 깨어서 진리의 말씀으로 불을 켜라고 하신 겁니다. 그런데 어떻습니까? 오늘 여러분은 이 세상에 중생의 고통을 살피고 보살펴 주라고 보내진 약사여래 관음보살님에게 치료를 받으러 오셨으니 이게 어디 보통 인연이겠습니까? 옷깃만 스쳐도 전생에 인연이라는 것이 부처님 말씀인데 말입니다."

도림스님께서는 각 사람마다 그 영혼 성숙도에 따라서 그 몸을 주관하는 몸 신장의 부림을 받고 있음을 그렇게 덕담을 곁들여 말해 주고 자리를 떴다.

그리고 그날 밤 잠자리에 들었을 때였다.

어디선가 나지막하게 들려오는 목탁소리가 있었다.

정임은 자리에서 벌떡 일어나 불을 켰다.

그런데 그 목탁소리는 여전히 들려 와 두리번거리다가 정임은 그만 깜짝 놀라고 말았다.

그 목탁소리는 분명히 벽에 걸려 있는 관음보살님 불화(佛畵)에서 나오고 있었기 때문이다.

그 불화는 통도사 관할 죽림서원 큰 스님으로 있는 부산 큰 아들 성수가 직접 그려서 선물해 준 것이었다.

너무나 신기한 일에 정임은 그 관음보살 불화를 향해 합장하고 삼배를 올렸다.

그러면서 낮에 스님께서 하신 말씀 그대로 관음보살님께서 자신과 함께하고 있음을 새삼 느끼면서 부처님께 감사의 기도를 드렸다.

다음날도 도림스님께서는 치료차 방문하였고, 그 이야기를 전해 들은 아들 용은 그 스님을 만나뵙기 위해 늦게 출근하면서까지 기다렸다가 만나뵙고 삼배를 올렸다.

그러자 스님께서는 용에게 지문(知文)이라는 법명을 내려주셨

다. 용은 헤벌쭉하게 웃으면서 감사하다는 인사를 하고 출근했고,
정임은 스님을 치료한 후 처방한 알약을 선물했다.

그러자 스님께서는 웃으면서 한 말씀했다.

"저는 여태까지 한 번도 약을 복용해 보지 않았는데 보살님께서
손수 명약을 지어 주시니 열심히 복용하겠습니다. 나무관세음보
살……."

그날도 스님은 많은 덕담을 해 주고 돌아갔다.

그러나 그 후, 아직도 세속의 습관이 그대로 남아있는 신도들로
부터 시기와 질투가 정임의 마음을 어둡게 했다.

그것을 은연중에 느낀 도림스님께서는 방문을 자제하고 인편으
로 소식만 보내왔는데 경과가 몰라 보게 좋아졌다고 했다.

그리고 스님은 자비를 털어 미얀마 성지순례 티켓을 보내 6박 7
일로 신도들과 함께 관광여행을 마치고 돌아왔다.

"축하드립니다. 스님께서 자비를 들여 성지순례 동행을 권유한
사람은 아마도 무량화 보살님이 처음이셨을 것입니다."

법화정사 총무가 말했다.

"나무관세음보살……."

그 말을 듣는 정임의 입에서는 어느새 부처님께 감사하는 기도
가 새어 나오면서 고개 숙여 자신을 돌아보게 했다.

부처님의 가피를 입고 살아가는 생활 속에서 괴로워하는 중생들
을 위해 정임 스스로는 과연 얼마나 최선을 다해 왔는가?

아니 철저한 수행자로 절실한 구도자였던가?

그 어느 물음에도 아직 자신 있는 대답을 할 수가 없다고 생각하는 정임은 가슴으로부터 솟아 나오는 법음을 표현함에 있어 부처님의 전에 누가 되지 않기를 바라면서 더욱 수행(修行)하여 성불득도해야겠다는 불심(佛心)으로 가득해져 왔다.

그 해는 법화정사 신도들로 인하여 무척이나 바쁜 한해를 보냈다.

어느덧 2005년, 정임의 나이 78세로 접어들었다.

여전히 찾아오는 환자들로 정임은 바쁜 시간을 보내고 있었다.

정월부터 통일교 신도들이 치료를 받기 위해 많이 찾아왔다.

그럴 때면 신기하게도 다른 종교의 신도들은 발길이 끊기고 그쪽 신도들만 들어왔다.

그러면서 일본, 미국, 영국, 소련 등 세계 각지에 흩어져 살고 있는 통일교 신도들이 많이 다녀가게 되었다.

그 중에는 워싱턴 타임지 사장도 있었고, 각 나라에서 선교 활동 중인 유명인사 및 명사들이 다녀가면서 일본에서는 새벽 4시경 전화로 예약을 하고 아침 8시경 도착하여 치료를 받고 오후 다시 일본으로 돌아가는 환자도 있었다.

그렇게 통일교 신도들과 인연을 맺게 된 2006년 초 어느 봄날 아침이었다.

한복을 정갈하게 차려 입은 한 남자가 찾아왔다. 그는 종로에서 큰 한식집을 경영한다고 했다.

그 환자는 전날 밤 꿈을 꾸었는데 아버님(문선명씨) 인도로 오늘 이렇게 방문하게 되었다고 묻지도 않은 말을 해 주었다.

그리고 가슴에 안고 온 문선명의 사진을 보여주었다.

"영적으로 제가 아버지로 모시는 분입니다. 오늘 제 발걸음을 이곳으로 인도해 주셔서 온 겁니다."

그리고 그는 전신이 아프다고 통증을 호소해 왔다.

별스런 환자라는 생각을 하면서 그의 맥을 짚었다.

온 전신의 기혈이 막혀 있었다.

그래서 먼저 머리로 올라가는 대동맥 자리의 혈을 풀고, 머리에 침을 시술해서 독혈을 풀고 난 다음 침으로 막힌 혈을 풀어 주었다.

그 후 그는 4개월에 걸친 끈질긴 치료를 받고 완치되면서 그의 아내와 자식들까지 대동하고 왔다.

그 아이들이 기관지 폐가 약하게 태어나 사시사철 감기를 달고 산다면서 치료해 줄 것을 부탁해 왔다.

정임은 참으로 열심히 정성껏 치료해 주었던 것인데 완치되면서 그 사람의 소개로 처음에는 그쪽 신도들 한두 사람이 오던 것이 점차로 그 효험이 알려지면서 한국 신도들뿐만 아니라, 세계 각국에 있는 통일교 신자들이 찾아와 치료를 받고 가게 된 것이었다.

그런데 신기하게도 천주교 신도들이 오는 날에는 통일교 신도들의 발길이 뜸해지고, 이어서 기독교 신도들이 찾아와 치료를 받는 날에는 천주교 신도들의 발길이 뜸해지곤 했다.

　그런 현상은 정임의 수호신장인 약사여래 관음보살님께서 종교의 충돌을 막기 위한 방편법을 쓴 것이 아닌가 생각이 들기도 했다.

　그러니까 2006년 정임의 나이 79세 때였다. 한국의 숨어 있는 명의만 찾아다니며 《전통의학 비방집》을 편찬하면서 병원에서 포기한 시한부 환자들을 찾아다니며 고쳐준다는 명의사를 지금까지 20년간 취재해 온 김석봉 선생이 소문을 듣고 취재차 찾아왔다.
　그날은 어떤 예시처럼 발길이 뜸했다.
　그래서 아들 용을 환자 대역으로 풍(風) 한(寒) 습(濕)으로 인한 환자들에게 시술하는 치료처방을 펼쳐 보였고, 초기 중풍과 면두풍, 두풍치료 시술을 상세히 취재하고 마지막으로 가장 어렵다는 두풍(머리 사혈요법)을 시술해 보여 주었다.
　그 《전통의학 비방집》에 취재기사가 실려 나가면서 고통을 받는 환자들로부터 많은 전화가 걸려 왔다.
　더욱 바빠진 의료 시술에 마침내 아들 용은 어머니를 도울 수밖에 없게 되었다.
　그것은 어쩌면 약사여래 신장인 어머니의 몸 기운을 받고 그 텃밭에 태어난 용의 운명 같은 것이었는지도 모른다.
　정임은 그렇게 묵묵히 하던 일을 접고 환자들의 치료를 도와주고 있는 아들 용을 건너다보면서 말했다.
　"결국은 용이 니가 기특하게도 내 노후를 지켜 줄 등대 역할을 하게 되는구나."

"그것이 어머니가 저를 가졌을 때 예시해 준 태몽으로 제 운명
같은 것이겠죠, 뭐."

"그래, 그것이 타고 난 모자간의 운명이라면, 이 세상을 사는 동
안 병고에 시달리는 중생들을 보살펴야겠지."

어느덧 세월이 흘러 이제 80고개에 접어든 된 정임은 새삼 지나
온 자신의 삶을 되돌아보면서 다시 덧붙여 말했다.

"산다는 것이 실체가 없는 허깨비 노름일 뿐이더구나. 모든 중생
들이 이 세상에 오고감을 모르면 허공에서 부질없는 헛꽃을 찾아
미망 속을 허우적거리면서 한 평생을 소비하지만, 적어도 이제 너
와 나 부처님의 제자로 선지식을 얻은 우리가 해야 할 일이 무엇인
지를 알지 않았더냐."

"그래요, 어머니와 나, 이제야 우리 모자지간의 인연이 하늘이
내려 주신 축복이었다는 생각이 비로소 들지 뭡니까. 내가 걸어야
할 길이 이렇게 분명해지면서 말이죠. 허허허……."

"그래, 우리 그 동안 참 많이도 끄달리면서 살아왔제, 알 수 없는
그 정체불명의 놈한테."

"그것이 바로 내 마음 작용에 의해서 일어나는 환상이라고 하데
요. 그래서 중생은 그 미망 속에서 번뇌와 망상에 끄달리면서 살다
가 그 어리석음이라는 무명에 의해 생사윤회를 거듭하게 된다는
것이 부처님 말씀 아니겠어요?"

"그려, 이제 살 만큼 살아온 이 에미가 무엇을 더 바라겠느냐. 남은 희망이란 너뿐이다. 아직 너한테 손이 없다는 것이 에미 마음에 조금은 서운하게 걸려 오지만은 자식은 전생에 빚쟁이로 만나진다는 말이 맞는지도 몰라야. 그래서 무자식이 상팔자란 말도 있는 거 아니겠냐?"

"그래도 그것이 마음에 쪼끔은 걸려 왔는디 부처님 말씀을 공부하고 보니까 그 또한 부질없는 번뇌였드라구요. 부처님의 말씀은 다름 아닌 자기 실체를 찾는 법일 뿐인데…. 참다운 자기를 알면 우주의 원리를 알고, 우주의 원리를 알면 내가 나아갈 길을 안다는 것이 부처님의 가르침이었으니까요. 그러니까 진정한 자아의 뜻을 아는 자만이 진정한 자아를 완성할 수 있다는 것이고, 그랬을 때 대 자유인이 된다는 것이 해탈 득도 아니겠어요?"

"그려, 우리 힘은 들어도 부처님이 원하시는 그 성불 득도를 이루는 불제자가 되어야겠제. 그래서 부처님은 그 가르침의 법을 늘 마음에 담아 어느 하루라도 마음을 흐린 채로 버려두지 말라고 제자들에게 당부하셨단다. 흐트러진 마음은 맹수보다도 더하고 큰 불이 치솟듯 일어남도 그것에 비할 바가 못된다고 말이여."

"그러니까 엄나나 저나 이렇게 부처님의 법을 만났다는 것은 큰 축복을 받은 셈이죠. 인생 삶 속에서 참으로 추구하며 살아야 할 것이 무엇이며, 영원한 참 생명이 무엇인가를 가르쳐 주신 생명의 말씀을 거울처럼 바라볼 수 있게 해 주셨으니까요."

"그려, 인간은 누구나 너나없이 언젠가는 바람에 날아가는 먼지 같은 존재라고 혔는디, 참 나라는 생명의 실상을 이렇게 안다는 것이 좀 큰 복이겄냐. 언젠가는 힘겨운 세상사 다 내려놓고 한 줌의 먼지로 떠나면 그만인 목숨인데……."

더없이 고달프게 살아온 정임은 이제 뉘엿하게 붉게 물든 저녁노을을 바라보면서 아들에게 그 가슴을 건네주고 또 삶의 흔적처럼 남겨 놓고 갈 수 있다는 것이 무엇보다도 뿌듯한 기쁨으로 입가에 잔잔한 미소를 짓게 했다.

그토록 고통스럽던 지난날, 한숨이여, 한숨이여, 하면서 더 이상은 어두울 수 없어 방황하던 삶의 길목에서 그처럼 눈부신 부처님의 말씀에 귀를 기울일 수 있었다는 것은 하늘이 내려준 축복과 같은 것이라고 생각했다.

삶과 죽음이 동떨어진 것이 아닌, 결국 하나의 세계라는 것을 깨닫게 해 주셨고, 또 그 행위의 지침으로 삼게 해 주셨기 때문에 가슴 속 침묵의 단어로 소박하게 다독이며 오늘을 살아가고 있는 것이다.

그것은 참으로 큰 축복인 것이었다.

그러나 그러한 부처님의 묘법을 깨우치지 못하고 허망한 육신의 욕망, 그 집착으로 번뇌하고 잠을 설치는 사람에게 있어서 부처님의 말씀인〈법구경〉에서는 '밤은 길고 피곤한 나그네에게 길은 멀듯이 진리를 모르는 사람에게 생사의 밤은 길고 멀어라' 고 했으며,〈경집〉에 이르기를 '그대는 온 사람의 길도 모르고 간 사람의 길도 모른다. 그대는 생과 사의 두 끝을 보지 못하는구나' 하고 말쓸해 두고 있음을 다시 상기해 보게 했다.

2009년 5월 23일, 노무현 전직 대통령의 충격적인 자살 소식이
전해졌다.

이 엄청난 충격적 사건 앞에서 국민 모두는 할 말을 잃었고, 전
직 대통령의 죽음 앞에 나라는 온통 애도의 물결로 넘쳐났다.

그처럼 허망하게 세상을 떠나버린 전직 대통령의 죽음은 이 세
상 부귀영화가 한낱 꿈에 지나지 않음을 그토록 실감나게 해주고
도 남았다.

그러면서 삶과 죽음을 다시 한 번 생각해 보게 했다.

그토록 무거운 욕망의 번뇌를 훌훌 벗어던지고 도망치듯 저승길
을 재촉하고 가신 그곳은 잘난 사람도 못난 사람도 없는 모두가 다
평등한 곳일 것임에는 틀림없을 것이다.

그처럼 마음의 고통을 견디지 못하고 아프게 떠나신 고인의 명
복을 빌고 또 빌었다.

그때쯤 봄기운 섞인 바람은 저 푸른 언덕 너머 백팔번뇌 수레바
퀴 돌고 돌아와 후미진 봉화산 언덕 아래 들꽃의 향기로 살랑이면
서 춥고 그늘진 곳을 더 나눠주지 못함을 안타까워하면서 떠난 고
인의 체취 그 숨결인 듯, 코끝을 살랑이며 무언(無言)의 진리를 전
해 주는 듯했다.

이 세상 존재들이란 꿈꾸는 자의 그림자로 허망한 허상일 뿐이
라고 했다.

그런데 어제나 오늘이나 당쟁으로 열을 올리고 있는 정치인들의 모습이란 어떤가.

그들은 분명히 힘없는 국민을 지배하라는 것이 아니라, 그 일꾼으로 뽑아 세운 것일진대 그들의 끝없는 욕망의 야욕은 그것이 마치 가문의 영광이나 되는 것인양 서로가 모개흥정을 하고 종횡무진으로 봉산탈춤 같은 놀이마당을 만들어가면서 마침내 전직 대통령을 '바보' 대통령이었다고 스스로 자책하게 만들지 않았던가.

정치, 그것은 결국 이리저리 휘적이는 허깨비 놀음에 불과한 것이었음을 전직 대통령의 죽음, 그 뒷모습으로 보여주고도 남는 것이었다.

많은 생각에 잠겨 있던 정임은 뒤돌아보며 아들 용에게 가만하게 말했다.

"봐라, 인생 삶이란 쌍가마 속에도 울음이 있다더니 그 말이 실감나게 하는구나."

"그래서 부처님께서 하신 말씀이 그거잖아요. 세상이 바로 영혼 닦음의 도장으로 누구나 산다는 것이 고통이라구요."

"그래, 세상이 고통의 바다라고 하셨지. 그 고통 속에서 인간 중생들이 참으로 추구해야 할 것이 무엇인가를 가르친 것이 부처님 말씀이니까."

"그렇지요. 그래서 부처님께서는 참 사랑의 의미를 알고 실천하는 사람은 주고 나눔을 자랑하지 않으며, 남에게 함부로 무례하지 않으며, 주위의 가난과 고통을 형제처럼 다독이며 저들을 위해 평생을 몸 바쳐 헌신하도 교만하지 않는 것을 자연의 조화 속에서 배우라고 하셨지요."

"그 교훈을 오늘 우리 온 국민들에게 다시 일깨워 준 노무현 대통령의 죽음이구나."

그처럼 가만하게 전해져 오는 고인의 숨결이 흰 구름 한 조각 두둥실 떠가는 하늘에 마음을 얹게 하면서 말없이 오가는 이심전심(以心傳心)의 부처님 말씀을 떠올리게 했다.

석가모니 부처님은 82세로 열반에 드시기까지 중생들을 위해 49년간을 설법하실 때, 특히 어려운 진리를 설하실 때는 쉽게 이해시키기 위해 지극한 자연 속에서 그 비유를 들어 설명하시었다고 했다.

그래서 부처님의 말씀은 시(詩)처럼 전개된다고 한 것으로 〈장아함경〉에는 "인생은 풀잎에 맺힌 이슬에 지나지 않는다"고 했으며, 〈법구경〉에는 "아무리 훌륭하고 아름다운 말도 실천하지 않으면 향기 없는 꽃과 같다"고 했다.

그리고 석가모니 부처님은 제자들 앞에서 말없이 한 송이 연꽃을 들어보이며 그 의미를 아느냐는 듯 빙그레 웃으셨다고 했다.

바로 그것이다.

부처님께서 말씀하신 고통이라는 세상은 바로 모든 벌레들과 다름이 없는 인간들이 함께 섞여 살아가는 진흙 밭으로, 그 고통을 견뎌내고 피워내는 연꽃처럼 중생들 역시 자신의 자아(自我), 곧 자성불(自性佛)을 깨달으라는 가르침이었다.

부처님께서 말씀하신 고통의 사바세계, 그 파도 위에 던져진 중생의 삶이란 도대체 무엇이든가?

그리고 또 오늘을 살아가고 있는 '나'란 과연 어디로부터 와서 어디로 가고 있는 것인가?

미망(未亡) 속을 헤매는 우리 중생들은 그 누구도 그 물음에 언뜻 대답을 하지 못하는 것이 사실이다.

그토록 평범하면서도 삶의 근본적 문제가 태어남과 사라짐이라는 대사건으로 생(生)과 사(死)의 문제는 참으로 장벽 속에 싸인 그래서 '묘한 법'이라고 한 것인지도 모른다.

그처럼 묘한 법을 깨우치기 위해 석가 부처님은 보리수 아래서 육년간을 정진에 들어갔고, 그로 하여 비로소 대각을 성취하고 얻어낸 것이 바로 '내가 발견한 나의 참된 자아(自我)'를 비유해서 한 그 유명한 말이 바로 '천상천하유아독존(天上天下唯我獨尊)'이고 보면, 깨닫고 보니 '내가 이 하늘 아래 홀로 유일하게 귀중한 영원한 생명으로 우주보다 크다'라는 그 뜻이 아니겠는가.

석가 부처님이 깨우치신 그 묘한 법을 만나 이제 세상 번뇌를 어느 정도 저만치 발아래로 바라볼 수 있게 된 정임이었다.

그런데 오늘 그처럼 뭇별들 중에서 그처럼 크게 반짝이던 별이 그 사명을 다하고 무심하게 사라진 뒤끝에서 안타깝게도 애도하는 무리의 함성을 들으면서 이 세상 중생들의 삶이란, 참으로 공수래공수거(空手來空手去)인 것을 다시 한 번 크게 실감하였다.

정임은 가만하게 아들을 돌아보면서 말했다.

"앞으로 내 살아갈 날들이 얼마나 남았는지 모르겠지만, 부처님 말씀을 교훈삼아 내일쯤은 세상 진흙 밭에서 다소곳한 한 송이 연꽃으로 피워나고 싶구나."

그것이 이제 서양 놀빛을 머리에 이고 앉아 염원하는 정임의 기도로 어두운 세상 굴레에서 해탈의 나눔이 되게 밝히는 회향의 등에 오늘도 내일도 그리고 삶이 다하는 그날까지 진솔하게 성불(成佛)을 염원(念願)하고 기원하는 생활이 되리라고 다짐하면서 정임은 가만하게 옷깃을 여미며 합장을 해보았다.

그처럼 빈손으로 왔다가 다시 빈손으로 돌아가는 공수래공수거의 커다란 교훈 앞에서 거듭 "나무관세음보살"을 찾으면서…….

어머니의 초상화 ⓗ

·

엮은이 / 한승연
발행인 / 김재엽
펴낸곳 / 한누리미디어
디자인 / 지선숙

·

121-840, 서울시 마포구 서교동 395-13 서원빌딩 2층
전화 / (02)379-4514, 379-4519
Fax / (02)379-4516
E-mail/hannury2003@hanmail.net

·

신고번호 / 제300-2006-61호
등록일 / 1993. 11. 4

·

초판발행일 / 2009년 6월 20일

·

ⓒ 2009 한승연 Printed in KOREA

·

값 10,000원

·

※저자와 협의하여 인지는 생략합니다.
※잘못된 책은 바꿔드립니다.

·

ISBN 978-89-7969-342-3 03810
978-89-7969-340-9 (전2권)